Marie-Laure FAUQUET-GOBIN

Tant d'attentes

Nouvelles

Illustratrice
Isabelle BARAIGE

© 2022 Marie-Laure Fauquet-Gobin
Édition : BoD – Books on Demand, info@bod.fr
Impression : BoD – Books on Demand, In de Tarpen 42,
Norderstedt (Allemagne)
Impression à la demande
ISBN : 9 78-2-322 4-6006-9
Dépôt légal : decembre2022

L'attente est pareille à des ailes.

Plus les ailes sont fortes, plus le vol est long.

Rumi, philosophe persan.

Dédales

Mais si je la connais celle-là. Tout le monde la connaît : ici les Assédic de Paris, toutes nos lignes sont occupées, votre temps d'attente est d'environ deux ans. Ariane esquisse un sourire. Cette célèbre tirade lui est venue spontanément à l'esprit en arpentant le parking de l'aéroport. On y diffuse le neuvième

Nocturne en si bémol mineur de Frédéric Chopin, air célèbre qui accompagne la réplique du film culte. Cela fera aussi deux ans pour elle. Sept-cent-vingt-neuf jours précisément sans le voir réellement, le toucher, le « respirer ». Après leur dernier échange sur Skype, il y a trois jours, elle avait rapidement pris sa décision. Celle de prendre l'avion et de venir le rejoindre ; elle n'en pouvait plus de cette absence, de cet éloignement. La technologie, le virtuel, la deuxième dimension avaient atteint leurs limites. Ils avaient pu fixer une date, un lieu de rendez-vous, une heure. Ce serait à Miami. Dès ce soir, tard.

Tout en pressant le pas, sa valise à la main, elle se sent déjà agacée. Elle vient de laisser sa voiture au parking de l'aéroport de Montréal. Elle a dû affronter la marée urbaine avant d'atteindre la zone aéroportuaire. Nous sommes un vendredi, elle aurait dû s'en douter. Sa montre indique 16 h et son avion pour Miami décolle dans deux heures. Elle a du temps pense-t-elle, mais on ne sait jamais avec l'avion… qu'elle a d'ailleurs horreur de prendre. Mais impossible maintenant de tergiverser. Il ne comprendrait pas et pour elle ce serait une nouvelle attente insupportable.

Ariane aperçoit l'ascenseur, camouflé par quelques voyageurs qui patientent devant les portes. Garée au cinquième sous-sol, elle laisse passer une première montée pleine à craquer qui vient du huitième puis réussit à se glisser dans la suivante. À chaque niveau supérieur, les portes s'ouvrent et les voyageurs s'y pressent. Une maman se faufile, son bébé porté sur le ventre, qu'elle protège instinctivement de ses bras malgré l'étole qui l'enveloppe. Ariane est proche d'eux, elle ferme les yeux, se projette dans le passé où elle portait elle aussi son fils encore nourrisson. Le claquement émis par les portes qui se ferment la ramène à la réalité. Il fait très chaud. Une moiteur nauséabonde s'infiltre dans ses narines. Elle plonge le nez dans son foulard alors que d'autres regardent en l'air comme pour espérer un souffle du ciel qui se dégagerait du plafond.

Dans un ultime sursaut, la cabine grinçante stoppe son mouvement et déverse son flot de voyageurs. La maman et son enfant s'échappent, frôlent Ariane et laissent dans leur sillage un doux parfum subtil d'eau de toilette pour bébé. Une fois à l'air libre, Ariane marque un temps d'arrêt, à la fois pour reprendre ses esprits et émerger de cette sorte d'apnée confinée momentanée.

Au niveau zéro, des écrans installés depuis le plafond et légèrement inclinés annoncent les portes d'embarquement vers des destinations proches ou aux antipodes dont les noms font fantasmer les voyageurs assoiffés d'exotisme. Ariane s'attarde sur deux d'entre eux : Paris, Londres, des capitales qui lui rappellent des souvenirs heureux. La première était la lune de miel passée avec l'homme qui partagera sa vie pendant près de seize ans. Ariane se rappelle les détails de leur hôtel, niché dans le quartier de Notre-Dame, leur escapade nocturne le long des quais de Seine, leurs baisers fougueux sous le pont des Arts et les nuits ardentes, hors du temps.

Plus tard, elle l'avait suivi à Londres où ils avaient vécu quelques années. Un fils y était né. A cette époque, perduraient encore les découvertes mutuelles et l'illusion d'un avenir commun, d'un chemin à parcourir ensemble. Le temps malgré tout avait fini par user les liens qui les unissaient. Ils s'étaient séparés et chacun avait repris sa route. Les années avaient défilé sans qu'elle s'en rende compte, happée par son rôle de maman solo et son travail. Son fils était resté vivre avec elle jusqu'à ses quatorze ans, puis la coupure...

Brusquement, Ariane sort de ses pensées, bousculée involontairement par des groupes de touristes qui se séparent devant elle. Toujours plantée devant les écrans de départs et d'arrivées, elle n'a pas bougé. Ce n'est pas le moment de s'égarer, se dit Ariane, qui rêverait pourtant à cet instant d'être parachutée sur un îlot sauvage sans l'ombre d'une silhouette humaine, seulement en compagnie de celui qu'elle va rejoindre. Elle doit trouver les guichets d'enregistrement. Ariane s'engage dans un couloir jalonné de boutiques de luxe, puis continue sa progression en suivant les panneaux placés de manière hasardeuse. Des travaux d'aménagement sont en cours et certains accès sont condamnés. Le flux de voyageurs augmente. Elle commence à slalomer entre ceux qui déboulent en sens inverse. Sa marche se ralentit.

Évaluant le temps qu'il lui reste, elle décide de s'octroyer une pause de cinq minutes dans un café pour s'extraire de cette foule trop dense pour elle. Des tables sont encore libres. Elle s'installe près d'une occupée par une dame et son jeune fils. Une seule valise est posée près des jambes du garçon. Est-il le seul à partir ? Ou bien vient-il d'arriver ? La mère, l'avant-bras posé sur la table, les yeux pétillants, semble boire ses paroles.

Ariane est touchée par la scène alors qu'elle les observe discrètement. Quel âge peut-il avoir ? Quatorze, quinze ans pense-t-elle, l'âge qu'avait son fils il y a deux ans. Elle l'avait accompagné à ce même aéroport la mort dans l'âme, n'avait pu le retenir, pressé de suivre la trace paternelle de l'homme qu'elle avait connu vingt ans plus tôt et dont les sirènes de la réussite étaient parvenues très vite à ses oreilles. Le choix qu'il avait fait de partir rejoindre ce père installé à Miami après leur divorce avait provoqué chez elle une immense déchirure. Peu à peu, sa douleur s'était atténuée, la plaie cicatrisée, constatant lors des échanges vidéo que le jeune garçon s'était épanoui. Il lui avait quand même avoué dans un long message qu'elle lui manquait. Au fil du temps, ne pas pouvoir serrer son fils dans ses bras lui était devenu impossible. Depuis sa décision prise à la hâte, elle y rêve chaque nuit.

Elle regarde de nouveau la jeune femme et son fils. Ils semblent seuls au monde et rayonnent de bonheur. Et à elle, quel accueil lui fera-t-il ? Elle imagine encore pour la millième fois la scène des retrouvailles, son visage s'éclairant d'un sourire quand ils se reconnaîtront aux portes de sortie, le parfum de sa peau qu'elle va respirer lorsqu'elle l'enserrera...

Le jeune garçon se lève, suivi par sa mère qui, près de la sortie, récupère sur un chariot une grosse valise. Ariane sort de sa rêverie. Elle paye, se lève et se trouve à les suivre de loin puis les perd de vue. De plus en plus de passagers proviennent d'autres couloirs adjacents et prennent la même direction qu'elle. Le va-et-vient est intense. Elle ne peut pour rien au monde manquer son avion. Elle débouche dans un hall où quatre guichets sur dix seulement sont ouverts. Ariane s'arrête, inquiète. Une queue immense serpente depuis l'entrée jusqu'à une barrière fermée par un cordon de sécurité, laissant passer les voyageurs un à un dès qu'un comptoir se libère. Elle sent le stress monter. Sur une partie du hall, des bornes d'enregistrement automatique ont été installées pour les voyageurs sans bagage en soute. Deux membres du personnel de l'aéroport tentent d'orienter le trafic. Au moment de quitter la queue, munie de son passeport pour se diriger vers l'une de ces machines, elle entend une voix féminine s'élever mécontente, installant un silence pesant dans le hall.

Par prudence, Ariane reprend sa place dans la file et finit par apprendre la cause de la colère de la voyageuse : la borne ne reconnaît pas les noms de jeune fille inscrits sur les documents d'identité si les billets sont édités au nom des épouses.

Ariane compare son billet avec son passeport. Elle est dans ce cas ! Depuis son divorce, elle n'a pas encore fait les modifications de noms et doit donc encore patienter dans la queue.

Les minutes s'écoulent, interminables... Elle regarde son bagage qui lui paraît à présent très lourd. Un nœud au ventre, c'est à son tour de poser la valise à côté de l'hôtesse ! Tout est enregistré en cinq minutes. Il lui reste un peu moins d'une heure avant l'embarquement. Elle doit passer à présent la sécurité, un moment qu'elle déteste par-dessus tout. L'atmosphère du lieu immense, contraste avec celle qu'elle vient de quitter : une quinzaine de tapis roulants pilotés à leurs bouts par des douaniers assis devant leur écran, passant au scanner chaque passager et des agents de sécurité aux sorties, supervisant tout ce mouvement à la fois mécanique et humain. Il y règne une agitation de fourmilière. Ariane aperçoit le jeune garçon et sa mère, qui passent les portiques et semblent ne jamais avoir arrêté leur conversation depuis le café. Ils avancent, indifférents aux bruits ambiants comme protégés par une bulle invisible. Elle est émue, s'imagine avec son fils, intarissables sur les événements et histoires que chacun aura vécu séparément pendant les deux longues années.

Au moment de poser sa valise, Ariane subit une montée d'adrénaline. En accéléré, elle en fait défiler le contenu. La sueur perle sur son front. Chaque passager semble devenir un danger potentiel. En regardant furtivement ses mains, elle en perçoit un léger tremblement. Elle avance jusqu'au portique, vide ses poches, dépose son sac de cabine. Elle voudrait se faire toute petite, être une souris, ne plus sentir le regard des agents sur elle. Son visage se vide de toute expression. Elle continue d'avancer mécaniquement, puis se rend compte qu'on l'appelle. Une femme au contrôle lui fait signe. Son cœur se met à battre la chamade. Instantanément, la peur l'étreint, tout son sang reflux vers sa poitrine. Des questions fusent dans son esprit : pourquoi m'appelle-t-elle ? qu'ai-je fait ? j'ai peut -être des objets interdits ? et je si ratais l'avion, et si… La femme lui montre la bouteille d'eau ainsi qu'un flacon de sirop d'érable qu'elle destinait à son fils. Elle doit s'en séparer. Soupir de soulagement. Tant pis pour le petit souvenir d'enfance ! Ariane s'excuse comme prise en faute, puis récupère rapidement les affaires. Enfin, elle est passée de l'autre côté !

Les écrans du hall d'attente indiquent presque 17 h. Il lui reste à peine un quart d'heure avant d'embarquer. Cette fois, c'est le vol et sa durée qui la stressent. Elle rejoint un banc isolé, s'assoit. Elle se sent vidée de toute énergie mais la pensée de revoir son fils très bientôt la conforte. Son trajet jusqu'à Miami dure un peu plus de trois heures, presque le même temps qu'elle vient de passer dans cette ruche humaine. Elle a la sensation d'avoir fait un mauvais marathon. A peine assise, un appel au micro l'invite à rejoindre la porte d'embarquement. Avant d'éteindre son téléphone, elle consulte sa messagerie, la referme les yeux brillants, puis se lève.

Installée enfin dans l'avion côté hublot, Ariane tente de se couper du monde et repense aux mots tendres que vient de lui adresser son fils. Il connaît sa peur irrationnelle de l'avion. Petit, il adorait admirer les nuages filer sous ses yeux lorsque l'appareil prenait de la hauteur, excité par le décollage et l'atterrissage, tout le contraire d'elle. Les quatre heures qui restent ne sont rien au regard des deux ans écoulés. Le fil est renoué. Elle met ses écouteurs. Les voix de Nina Simone et d'Hal Mooney sur la mélodie *Feeling Good* s'élèvent et enveloppent Ariane l'espace d'une traversée.

La lettre

Justine introduisit les clés dans la serrure de la porte du 53 rue du 11 novembre et pénétra dans l'entrée. Elle fut saisie par le parfum qui y régnait et qu'elle retrouvait comme si c'était hier. Juste en face de la porte d'entrée, l'horloge était silencieuse et semblait veiller sur la mémoire des lieux. Justine ouvrit le cadran et remonta le mécanisme, puis actionna le balancier tout en fermant les yeux. Telle une vieille dame endormie, l'horloge se réveilla doucement, faisant de nouveau entendre son battement régulier. Sur la gauche, près de la fenêtre donnant sur la rue, le panier à tricot et broderies reposait depuis bien longtemps, toujours en attente des doigts de fée bien connus de la maison. Enfant, Justine y avait appris à coudre et à tricoter. Un regard vers la vieille radio noire qui trône au-dessus de la cheminée, et la voilà plongée trente-cinq ans en arrière. La vision de sa grand-mère assise dans la pièce lui apparût.

Hélène est là, près de cette fenêtre aux rideaux blancs plissés, une tasse de café à la main, le regard un peu perdu dans ses pensées, tourné vers la rue. Nous venons de finir de déjeuner. Elle s'est installée dans son fauteuil, les jambes croisées. J'écoute comme elle, en silence, la radio allumée. Il est presque 12 h 45. Le moment du Jeu des mille francs avec Lucien Jeunesse sur France Inter s'annonce. Les questions s'égrènent, blanches, rouges, le banco, puis le super banco. Hélène se concentre puis annonce les bonnes réponses. Trop petite à l'époque, je ne sais pas répondre. Mais elle, c'est une encyclopédie vivante. Elle a toujours juste. Je lui dis comme à chaque fois : « Mamie, il faut t'inscrire. » Elle s'exclame en riant et me répond toujours avec la même phrase : « Penses-tu ! Je suis trop vieille ! »

L'horloge sonna. Il était treize heures et le tintement du balancier ramena Justine à la réalité, sa grand-mère physiquement absente, mais si présente encore dans ces lieux. C'était pour elle qu'elle était là, pour son histoire. Elle voulait d'abord replonger dans ces murs chargés de rires, de larmes, de jeux, de veillées, de défilés du 14 juillet, d'histoires et d'attentes. Elle passa devant les deux chambres aux volets fermés et pénétra dans la salle de bain située au fond du couloir, *le cabinet de toilette* comme l'appelait Hélène. La pièce donnait sur la cour par une porte orientée plein sud. L'été, on laissait tout ouvert pour faire entrer la chaleur. La grande baignoire blanche à pieds fit sourire Justine avec ses robinets émaillés en forme d'hélices sur lesquels étaient notés « chaud » et « froid » pour que l'on ne se brûle pas. Dans l'un des tiroirs du meuble blanc en bois dont la peinture s'écaillait par endroits, Justine découvrit une boite. Instantanément, elle la reconnut : elle était ronde, couleur crème, ni trop grande, ni trop petite, la taille idéale pour être glissée dans un sac à main. Sur son couvercle, Justine pouvait encore admirer la lettre G dessinée comme une lettrine élégante à l'image de son créateur, parfumeur célèbre et distingué. A l'intérieur, une houppette molle et douce à la fois, légère et soyeuse, reposait sur des restes de poudre immaculée. Justine approcha l'objet de son visage, ferma instantanément les yeux...

Je la regarde se poudrer. C'est très léger, imperceptible, tel un voile transparent qu'elle revêt. Dans la salle de bain, je me glisse près d'elle en silence. Comme un film au ralenti, elle prend la houppette et passe d'un geste lent sa main sur sa joue gauche puis droite et tapote ensuite. La poudre vole comme une brume autour de son visage, j'en capte son parfum délicat qui la suit ensuite toute la journée, flotte dans les pièces qu'elle traverse. Lors des câlins du soir, la peau de ses joues est encore tellement douce de ce voile sublime que je m'amuse à lui répéter mes baisers, la faisant rire aux éclats. Elle me les rend par des petits « smacks » sonores.

Justine referma de son couvercle le poudrier et son parfum si subtil. Et la scène qu'elle venait de revivre s'évanouit doucement. Elle glissa l'écrin dans sa poche, puis s'arrêta dans la chambre où elle dormait souvent avec sa sœur Claire quand elles étaient enfants. Au mur, un grand portrait de Marcel son grand-père, en tenue d'officier, l'avait toujours impressionnée. Il posait de trois-quarts, l'air très sérieux, sans regarder l'objectif, presque triste, sans sourire. Déjà enfant, elle cherchait dans ce portrait les réponses sur ce grand-père inconnu et imaginait le visage qu'il aurait pu avoir âgé, jouant avec elle et sa grand-mère. Était-il en permission au moment de la photo ou bien prêt à partir lors de la mobilisation ? Aucune date n'était indiquée au dos du cadre ancien. Elle ne se souvenait plus de la réponse de sa grand-mère. Elle la questionnait souvent pour en savoir plus sur son mari, ce grand-père au visage si grave. Hélène restait discrète, évasive, une forme de pudeur que Justine respectait et qui maintenait une aura de mystère autour de cet homme.

Sur la table de nuit, elle retrouva également deux petites photos sépia de sa grand-mère, celle d'une jeune femme souriante, et une autre avec Marcel tenant un bébé dans les bras, le père de Justine, âgé alors de quinze mois. Avant de refermer la porte de la chambre, elle jeta un dernier regard à ces portraits d'antan noir et blanc, témoins immuables d'une époque troublée, qui la questionnaient, elle et son père depuis longtemps...

Justine entendit l'horloge sonner. Deux coups qui annonçaient 14 h. Elle se dirigea vers la salle à manger où elle jouait autrefois avec sa sœur et sa grand-mère. C'est là qu'elle espérait en savoir plus sur les circonstances du décès de Marcel disparu si jeune. La pièce était petite, carrée, vitrée, donnant sur la pièce d'entrée. On y mangeait peu en réalité, c'était surtout la pièce pour le thé et les parties de cartes, de scrabble ou de nain jaune avec les voisines du village. Justine adorait ces moments. Elle retrouva avec émotion ces boites cartonnées aux couvercles usés, empilées dans l'armoire, intemporelles et prêtes à être de nouveau déballées. Rien ne manquait sur les rayonnages pleins, ni les livres d'enfance de son père comme ceux de Benjamin Rabier, ni les vieux dictionnaires, sentinelles recours quand l'écriture d'un mot était sujette à discussion. Le regard de Justine se porta sur des vieux magazines de couture. Ses arrière-grands-parents étaient les tailleurs du village et Hélène, en plus de son métier d'enseignante, en maîtrisait toutes les ficelles qu'elle avait souhaitées partager à ses petites-filles. Sous la pile de revues, le regard de Justine fut attiré par une jolie boite bleue en carton qu'elle n'avait encore jamais vue jusque-là. Elle l'ouvrit délicatement. Dedans, des paquets de lettres anciennes, écrites à la plume accélérèrent les battements du cœur de Justine. Elle hésita un instant à les déplier. Mais se rappelant l'objet de sa quête, elle en ouvrit quelques-unes. Ces lettres étaient signées de Marcel, son grand-père. Beaucoup de lettres, datées de la fin de l'année 1939 et qui s'étalaient jusqu'au début de mai 1940. Ce grand-père nommé Lieutenant au moment de la déclaration de guerre avait été envoyé à l'est de Verdun le 1er septembre 1939, un lieu de triste mémoire, là où était déjà tombé en 1916 son arrière-grand-père. Elle pensa de nouveau fortement à sa grand-mère, en train d'attendre les courriers écrits de l'être aimé et l'imagina à nouveau là, dans cette pièce, assise près de la fenêtre guettant avec fébrilité le grincement du vélo de Louis le facteur qui s'approchait. Celui-ci n'avait pas encore été mobilisé et continuait à distribuer du bonheur ou du malheur au gré des nouvelles du front.

Toutes les lettres de Marcel commençaient par des petits surnoms tendres. Justine se plongea dans l'une d'elles datée du 9 mai 1940, envoyée de Catillon-sur-Sambre où son régiment stationnait :

Poupée chérie,

Minuit, je rentre encore une fois très tard, mais avant de me coucher je veux absolument bavarder avec toi pour te dire tout mon amour, toute ma tendresse. Je rentre tard parce que j'ai assisté à une soirée récréative donnée par une unité can-tonnée dans le même pays que nous, avec le concours d'une troupe de théâtre des armées. C'était vraiment très bien ; Nous avons entendu de la belle musique, l'orchestre étant composé d'excellents musiciens dont plusieurs prix de conservatoire. Il y avait aussi de très bons chanteurs. Le tout s'est terminé par une petite pièce intitulée « Le gendarme est sans pitié ». C'était évidemment comique joué par des artistes épatants. Que vas-tu penser de moi, qui m'offre tant de distractions ? Pendant ce temps, que faisais-tu ? Tu t'ennuyais sans doute en pensant à ton petit mari qui est loin de toi. Et puis tu sais à tout cela, je préférerais, ne fut-ce que quelques heures ta chère présence. Nous nous aimerions tant. Gardons confiance. J'es-père que notre petit gars contribuera de toute sa gentillesse à te faire passer des belles vacances de Pentecôte.

Pour les rendre encore plus agréables, je t'envoie mes plus doux baisers. Ton Marcel.

Justine était très émue. Le « petit gars », « petit Pierre » son père, décrit par sa grand-mère comme un bambin joyeux et tranquille, avait pu connaître les bras de Marcel lors d'une permission accordée en février 1940, comme le découvre Justine dans une autre lettre, évoquant un répit familial « merveilleux ». La guerre semblait alors si loin. La semaine suivante, Hélène ne recevra pas de courrier.

Puis, Justine en découvrit une autre datée du 12 mai de cette même année 1940. L'inquiétude de son grand-père semble s'insinuer entre les lignes :

Ma douce,

je viens de faire la sieste à l'ombre d'une haie, mais je n'ai pas fermé l'œil. Je n'avais pourtant pas dormi de la nuit. Il fait aujourd'hui un temps superbe. Belle journée de Pentecôte. Hélas, seul le temps est beau, les événements eux sont beaucoup moins encourageants. Je suis sûr, qu'au moment où je lui écris, ma poupée chérie est très inquiète, désespérée peut-être, bien que petit gars chéri soit près d'elle. Il ne faut pas paraître triste devant petit Pierre. Il ne faut pas qu'il s'aperçoive de la guerre. Jusqu'ici, tout s'est bien passé pour nous. Souhaitons que cela continue, ne nous décourageons pas. Ayons confiance, ma douce. Mes baisers les plus fous.

Ce furent les derniers mots de Marcel à son épouse. Ensuite, plus rien. Le silence. Justine imagina la longue attente d'Hélène pétrie d'angoisse, espérant les courriers de Louis le facteur. Où était-il ? Qu'était-il devenu ? Mort ? Blessé ? Fait prisonnier ? Justine eut le cœur serré devant la correspondance et les mots tendres qui semblaient cette fois avoir été tracés à la hâte. Elle sortit d'autres documents de la boite bleue notamment des lettres signées de sa grand-mère dont une datée du 13 septembre 1940. Sur cette courte missive adressée au Service des Armées, elle réclamait des informations sur les circonstances de la disparition de Marcel, dont elle apprit fin juillet le décès survenu le 18 mai 1940 à Catillon-sur-Sambre par un ami de son mari, également Lieutenant au 95e Régiment.

Mai, juin, juillet, trois mois sans savoir… Une douleur profonde s'était alors creusée dans son cœur. En parcourant d'autres documents dont le récit poignant d'un chef de batterie, Justine constata avec tristesse que c'est seulement en 1945 que sa grand-mère connaîtra les circonstances de sa mort. Il révélait le choix de Marcel pour épargner ses camarades, malgré une situation militaire devenue intenable :

Revenant de la région d'Anvers d'où nous étions partis le 16 pour rétablir près d'Avesnes une situation devenue critique par suite de la rupture du front français, nous avions pour mission d'arrêter l'ennemi sur le canal de la Sambre et de défendre jusqu'à la limite de nos forces et sans idée de recul, le village de Catillon et le pont du canal. Le 18 mai, l'ennemi qui nous avait déjà serré de près la veille poursuivait son avance foudroyante et nous dépassait largement au nord et au sud tandis qu'il marquait un temps d'arrêt devant notre position pour attendre ses chars qui ne l'avaient pas tous rejoints et se renforcer ; vers 16 h, de nombreux chars ennemis, ceux de Rommel, étant signalés à une certaine distance du village, nous fîmes placer des mines sur toutes les voies d'accès. C'est alors que le lieutenant Marcel F. s'offrit spontanément pour diriger la patrouille chargée de ce travail à l'est du front. Il aurait pu désigner quelqu'un d'autre en tant que Lieutenant mais il savait que c'était une mission exposée et dangereuse, et n'a pas voulu exposer quelqu'un d'autre à sa place.

Le chef de Batterie M. conclut sa lettre en rendant hommage à ce Lieutenant, ami et camarade pour son courage et son dévouement, tombé en mission, adoré de tous et de ses hommes en particulier. Ce fut surtout dans un courrier suivant daté du 26 novembre 1945 émanant d'un des hommes de la compagnie, l'adjudant J., revenu sain et sauf du conflit, qu'Hélène apprendra le sacrifice dont avait fait preuve son Marcel. Les détails minute après minute y étaient tels que Justine sembla être le témoin impuissant de la scène en lisant ces mots :

Nous avions déjà terminé le minage de la première route, celle de droite en tournant le dos à Catillon, que nous commencions la deuxième. Depuis quelques minutes, le Lieutenant F. nous avait quitté et se trouvait en observation à jumelles, quand tout à coup il m'appela : « J., je suis touché ! » Dans un éclair et après avoir donné des ordres de retraite aux autres camarades qui étaient avec nous, je me suis acheminé avec autant de vivacité que de prudence vers le Lieutenant. Après avoir constaté la jambe blessée au-dessus du genou, j'ai ordonné de rejoindre nos lignes en emportant notre cher blessé. La jambe non bandée et pendant plus de 500 m, nous l'avons porté, je dirai plutôt traîner car nous ne pouvions pas lever la tête que les rafales de mitrailleuses sifflaient à nos oreilles. Pendant tout ce trajet malgré sa souffrance, il n'a jamais émis aucune plainte. Seuls ses yeux parlaient et semblaient dire : « Faites-moi mal, mais ne me laissez pas aux mains de l'ennemi ! » Il a été très courageux, car moi étant seul à la tête pour le soutenir et presque couché pour le porter, je ne pouvais m'empêcher de lui procurer certains chocs inévitables. Mais il est resté toujours impassible. Sortant de ce fossé, nous avions reposé le blessé dans un jardin à l'abri d'un taillis naturel qui se trouvait sur la route car nous étions exténués. Après une pause de vingt à trente secondes, nous nous apprêtions à reprendre le corps du blessé, et au moment de le soulever et de repartir, il a reçu cette décharge fatale dans la tête. Il n'a pas eu le temps de souffrir ni de dire un seul mot…

En refermant la boite bleue, un jardin secret et douloureux empli de souvenirs où reposait aussi la légion d'honneur de Marcel, Justine ne put retenir ses larmes. Tant de douleurs traversées. Elle comprit la pudeur et le silence dont avait fait preuve sa grand-mère pendant toutes ces années et le début de son autre combat : faire inscrire sur le certificat de décès que Marcel était « tombé aux champs d'honneur », une inscription qui pour elle, jeune veuve et mère, était synonyme de pension et pour son « petit Pierre », la reconnaissance de pupille de la nation. De ce combat, elle en sortit victorieuse au prix de nombreux courriers et d'années d'attente.

Hélène put enfin commencer son deuil de l'être qu'elle chérissait le plus au monde, accompagnée par le réconfort de témoignages élogieux des compagnons d'arme de Marcel revenus du conflit.

Justine prit la boite qu'elle destinait à son père, le « petit gars ». Il pourrait mesurer l'amour mutuel que se portaient ses parents et comprendre enfin ce qui s'était réellement déroulé le 18 mai 1940.

Sur le tapis, devant l'armoire, un jeton de scrabble s'était échappé du rayonnage. Justine le ramassa. C'était la lettre H, H comme un clin d'œil d'Hélène à sa petite-fille, pour les innombrables parties d'autrefois. Elle le remit en place avec un sourire, referma l'armoire et ses jouets d'antan. Après un dernier passage dans chaque pièce de la maison, elle déplia les volets et les attacha. Puis doucement, laissant la pendule et son balancier continuer à rythmer le temps comme pour tenir compagnie aux portraits de ces lieux, elle quitta la maison du 53 avec la certitude d'y revenir bientôt, la boite bleue serrée sur son cœur...

La rencontre

C'est un début de printemps étrange et étouffant. Le soleil n'est pas encore levé et Arnaud essuie déjà les gouttes de sueur sur son front. Pourtant son sac ne lui pèse pas plus que d'habitude. La veille, il a simplement ajouté une paire de jumelles avec une fonction infra rouge. À quatre heures, il s'est levé et a pris la route jusqu'au départ du sentier où il a laissé sa voiture. Peu de personnes connaissent ce lieu de Cerdagne, un coin sauvage reculé qu'il fait bon parcourir pour celui ou celle qui ne veut croiser âme qui vive. Il observe, note, enregistre, photographie. La nature change, se modifie sous les effets de l'activité humaine, sans qu'on y prenne garde. Les glaciers ne deviennent plus que des langues fines assoiffées qui peinent à survivre et les vastes étendues de séracs ne sont plus qu'un souvenir ancien figé sur papier photo. Cela s'accélère, et cette disparition lui donne le vertige. Arnaud saisit ces changements et les immortalise afin d'interpeller la conscience de chacun.

Le jeune homme fait une pause sur un léger replat. La vue panoramique se dévoile avec l'aube naissante. Il pose son sac de matériel photographique ainsi que son sac à dos bien chargé et sort un en-cas fait de fruits secs et de noix qu'il mange avec lenteur. Il ne sait que la journée sera peut-être longue et les suivantes également. Cette incertitude l'excite car il n'y a aucune règle en la matière. Se laisser porter au gré du périple par l'imprévu, l'étonnement. Récemment, il s'est encore immergé dans la nature d'une région sauvage des Monts de Vaucluse, sous un abri de fortune, et a attendu près de quarante-cinq heures qu'une loutre veuille bien montrer le bout de son museau. Arnaud la revoit avec ses moustaches longues et fines, humant l'air à sa sortie de la rivière, son pelage luisant sous les effets du soleil. Ce fut fugace mais joyeux, un moment sans prix malgré son affût des heures durant.

À présent, les crêtes se dessinent dans l'aube naissante, la forêt s'éclaircit et la nature s'éveille doucement. Les campanules, les gentianes sont à peine sorties. La rosée a posé ses délicates perles et le chant des oiseaux commence sa mélodie dansante. Arnaud aperçoit au loin la silhouette d'un rapace planant. Il ne peut distinguer l'espèce à l'horizon encore brumeux. À cette altitude, on peut encore deviner les derniers névés proches des sommets qui vont bientôt s'évanouir dans la chaleur montante. Des sifflements caractéristiques se font entendre. Arnaud chausse ses jumelles et parcourt lentement le versant de la montagne. Des marmottes, deux tout au plus. Il fixe leur mouvement et s'attarde le cœur gonflé de joie sur ces petits mammifères en train de jouer et de filer entre les rochers. La photo sera pour plus tard. Il doit continuer d'avancer, de progresser et la lumière est encore trop faible pour une bonne prise de vue.

Plusieurs heures s'écoulent. Après avoir franchi un col puis redescendu un peu sur l'autre versant, Arnaud fait un arrêt. Le soleil est maintenant assez bas dans le ciel. Il n'est pas loin du but. Des témoignages récents de gardes forestiers concordent sur la présence de ce mammifère légendaire, redouté et pourtant si beau qu'est le loup. Ce dernier a failli disparaître. Avec ses clichés, Arnaud souhaite démontrer l'urgence de redonner un espace sauvage suffisant à ce carnivore pour qu'il trouve sa nourriture, qu'il puisse retrouver sa place dans l'écosystème montagnard. Mais le nombre insuffisant de bergers tend à rendre les troupeaux de plus en plus importants nécessitant des étendues encore plus grandes de pâture. Et l'espace vital des loups se rétrécit. Arnaud veut pourtant rester optimiste.

Il décide de bivouaquer. La vue est à plus de 180 degrés. Les rares nuages encore présents s'étiolent. Le jeune photographe frissonne malgré sa veste épaisse et sa polaire. Il déroule et étale sa tente de bivouac et commence à la monter. Il retire ses gants pour mieux manier sardines et cordes. Il faut faire vite. À cette altitude, la température descend vite et Arnaud a besoin de garder l'agilité dans ses mouvements, de son corps entier mais aussi de ses doigts pour photographier. Il monte sa tente plus vite qu'il ne l'aurait imaginé. La piqûre du froid se fait peu à peu sentir. Il ramasse quelques pierres disséminées çà et là, du bois encore sec et allume un feu. D'abord timides, comme n'osant pas troubler la quiétude du lieu, les brindilles s'enflamment et le crépitement indique au jeune homme que le feu est bien parti. Il sort son duvet, se glisse dedans et reste assis un long moment devant l'entrée de sa tente. Il goûte alors à l'immensité et au silence, comme faisant partie d'un tout majestueux, et se sent simple passager dans cet univers stellaire. Tout est si paisible !

Peu à peu les étoiles apparaissent une à une comme si un allumeur de réverbères s'était posté derrière la voûte céleste attendant son heure. Arnaud met de l'eau à chauffer et sort un sachet de soupe. Il y ajoute quelques morceaux de viande séchée, afin de rendre le repas un peu plus consistant. Un léger fumet s'élève dans l'air aiguisant l'appétit. Le bonnet bien enfoncé sur les oreilles, la chaleur bienfaisante du duvet l'enveloppe. On ne voit plus grand-chose des montagnes mais la lune et les flammes du feu qui dansent associées aux étoiles donnent à Arnaud l'impression d'être intégré à la féerie nocturne.

La soupe est chaude, brûlante même. Il sent le liquide descendre, sa chaleur irradier son corps et ferme un instant les yeux pour savourer l'instant. Tout est parfait, immobile et vivant. Une lente torpeur commence à le gagner. Il se dépêche alors de rentrer les ustensiles de son dîner, remet suffisamment de bois et se réfugie sous sa tente igloo, éteint sa lampe frontale. Les yeux tournés vers le ciel qu'il peut admirer grâce à la fenêtre transparente du toit, il laisse son esprit flotter, happé par la beauté de la nuit et s'endort. Dehors, la lune continue sa course pendant quelques heures…

Arnaud ouvre brusquement les yeux. Des lueurs pastel teignent le ciel en touches légères et annoncent le jour proche. Les étoiles s'éteignent une à une. Quelque chose bouge à l'extérieur, semble s'approcher, des bruits de cailloux qui évoquent une marche irrégulière, sautillante. Le feu de la veille n'est pas encore éteint car Arnaud distingue les cendres rougeoyantes au travers du tissu. Il se redresse lentement, faisant le moins de bruit possible. Les battements de son cœur s'accélèrent, ses mains tremblent. Il passe en revue d'un regard circulaire le matériel qu'il a abrité et les éléments de son repas. Il s'aperçoit qu'il a oublié de rentrer la poche de viande séchée. En soulevant son cache-nez, Arnaud sent une forte odeur. Serait-ce celle des quelques morceaux de viande laissés il y a quelques heures ? Ou plutôt une bête crevée ? Arnaud se glisse silencieusement près de l'ouverture de la tente et fait glisser le haut de la fermeture éclair, retenant son souffle. Son cœur continue de battre la chamade. Le loup vient-il à lui ? L'appareil photo n'est pas loin mais à cet instant il ne peut évaluer la distance où se trouve l'animal, ni sa taille. Un mélange de peur et d'excitation parcourt le photographe qui demeure sans bouger. Dans l'entrebâillement de la porte de la tente, Arnaud cale son œil. A quelques mètres, légèrement en contrebas, derrière le feu qui achève de se consumer, le haut de la silhouette d'un vautour fauve se distingue en ombre chinoise. Le photographe est saisi par cette vision. La crête proche est réputée pour abriter ces oiseaux au vol majestueux. Il distingue à présent le long cou du rapace et les plumes entourant la base de sa tête comme une collerette élégante contrastant avec le reste plutôt décharné. L'aube pointe de plus en plus. Fasciné, Arnaud goûte la scène en spectateur émerveillé, immobile, le souffle coupé. Les ombres du charognard picorant la chair d'un animal en décomposition s'étirent sur le sol jusqu'à lui. Avec dextérité et sans aucun bruit, il récupère son appareil photo, prend cet animal « nettoyeur » des montagnes et photographie, joue avec les distances de son zoom et de sa focale.

Brusquement, l'oiseau arrête son mouvement, se fige vers l'est où du bruit se fait entendre. Arnaud s'immobilise lui aussi. Des bruits de feuilles et du bois qui se casse proviennent de la forêt. Et si c'était lui ? L'excitation mêlée à la peur gagne Arnaud. Sa respiration s'accélère. Par la fenêtre de sa tente, le jeune homme aperçoit non pas le loup, mais un ours à l'orée du bois. Il se gratte le dos contre l'écorce d'un arbre. Il n'a pas encore sa taille adulte. Arnaud est bien camouflé et assez loin du plantigrade. Celui-ci fouine dans la végétation tout en se rapprochant petit à petit. Le vautour le regarde arriver mais poursuit son repas. L'ours s'arrête, reprend sa progression, imposant, puis descend sous le replat si bien qu'Arnaud le perd de vue. Le temps semble alors suspendu. L'air se réchauffe progressivement. Le photographe a immortalisé les deux animaux mais il attend de voir réapparaître l'ours. Celui-ci se montre à nouveau et rejoint la charogne. Arnaud distingue sa silhouette massive qui a remplacé le vautour. Ce dernier s'est éloigné par bonds. L'oiseau s'arrête et observe son remplaçant avec qui il ne fait pas le poids. L'ours s'immobilise, mange quelques morceaux. Puis il repart, aussi rapidement qu'il est venu. Avant de rejoindre la forêt, il stoppe sa progression, hume l'air quelques instants en se dressant sur ses pattes arrière tel un géant magnifique, semble jeter un regard dans la direction d'Arnaud, et finit par disparaître sans un bruit.

Puissante rencontre. Arnaud reprend peu à peu ses esprits et repense à sa quête initiale de croiser le loup. Il ressent de la joie et une profonde gratitude envers le cadeau inattendu que la nature vient de lui offrir. Peu importe l'objet photographique de départ : s'immerger, se fondre, être à l'affût des jours ou des heures, c'est vivre l'imprévu, être surpris, émerveillé. Et pour Arnaud, repartir… sans attendre.

Renaissance

Marie n'ose pas trop y croire mais enfin il a dit oui. Jusqu'alors, son refus d'être père n'était pas tourné contre elle, elle le sait, mais plutôt lié à une enfance compliquée. Approchant la quarantaine, il avait compris l'importance de son désir de devenir mère. Elle fait son premier test de grossesse et découvre qu'elle est enceinte. Pendant plusieurs semaines Marie se sent joyeuse, légère. Son ventre s'arrondit lentement. Rayonnante, elle termine le cinquième mois avec une énergie débordante. S'ensuit une visite au Dr Emilio L., un gynécologue espagnol installé sur la côte landaise depuis longtemps déjà. La soixantaine et le cheveu grisonnant, sa silhouette petite et frêle lui donne un air de sage quand il ne porte pas sa blouse blanche. Il ausculte Marie, imprime les échographies.

« Tout va bien docteur ? s'enquit Marie.

— Hum, oui, oui » dit-il en scrutant les clichés. Puis il tend l'image à Marie : « Regardez, il est petit, ce sera un petit bébé, comme cela arrive » conclut-il. Sa voix reste en suspens… Il note les mesures des jambes, de la tête et du torse. Marie reste allongée, observe le médecin concentré et silencieux. Au bout d'un moment qui semble très long, le Dr L. se tourne vers elle et finit par dire : « Je souhaite quand même vérifier quelque chose. » Marie ressent un petit choc sourd intérieur, comme un sablier renversé brutalement, laissant le sable se répandre. Son estomac se contracte. Elle cherche dans le regard de son gynécologue un signe pour la rassurer. Il connaît bien Marie, il la suit depuis longtemps, une dizaine d'années au moins. Une amitié teintée de respect s'est installée entre eux. Sans en dire plus, il lui donne rendez-vous le lendemain pour réaliser un autre examen avec des appareils plus précis et en présence d'un confrère pour un deuxième avis.

Le jour suivant, le rendez-vous est rapide. Marie s'allonge sur la table d'auscultation, nerveuse. Un autre médecin est présent avec le Dr L. Ensemble, ils regardent les nouveaux clichés. Le jeune confrère est du même avis, ce bébé est petit. Il précise : sa tête ne semble pas avoir grandi autant que le reste du corps. Les deux médecins parlent quelques minutes entre eux, puis décident d'envoyer Marie vers un troisième confrère près de Bordeaux, à Talence. Lui seul, avec des appareils de pointe, pourra infirmer ou confirmer ce questionnement.

« Simple vérification… » Cette phrase courte et si simple a instillé le doute. Des questions intérieures fusent sans aucune réponse. Elle fouille dans les recoins de sa mémoire le contenu des derniers mois écoulés. Aurait-elle ingéré des médicaments contre-indiqués ? Elle a beau chercher, rien de flagrant ne surgit. Elle met instinctivement les mains sur son ventre rebondi pour protéger l'enfant qu'elle porte. Ses yeux s'embuent de larmes. Marie redresse la tête. Sitôt dehors, elle se précipite dans la dernière cabine téléphonique du quartier pour appeler sa meilleure amie. Elle s'effondre en sanglots sur le sol le dos à la vitre. « Mais non ! Ne t'inquiète pas, il veut être simplement sûr, et faire toutes les vérifications. Tu es dans une tranche d'âge qui s'y prête », tempère Sophie pour la rassurer. Marie tente de se détendre, de retrouver une respiration régulière. De retour à sa voiture, elle ferme un instant les yeux. « Ne plus y penser, rien n'est confirmé, rien n'est sûr ! » se répète-t-elle. Elle pose de nouveau ses mains sur son ventre et commence à le caresser doucement. « Tu bouges ! dit-elle. Mon bébé, cela ne peut être autrement, tout ira bien ! » Une larme glisse sur sa joue. Elle chuchote encore quelques mots pour éloigner ce doute qui attaque chaque parcelle de son corps. Deux semaines avant le rendez-vous à Bordeaux… Cela représente une éternité pour Marie. Elle continue à parler à son bébé pour se donner du courage. Sans arrêt, des petites voix s'affrontent pour s'alarmer ou se rassurer tour à tour. De retour chez elle, elle lâche prise, épanche de nouveau son chagrin immense dans les bras de son compagnon. « Rien n'est dit, il faut faire confiance… profiter de l'instant en restant optimiste » lui murmure-t-il. Mais lui aussi est inquiet. Vis-à-vis de Marie, il ne souhaite rien montrer. « Ce n'est peut-être qu'une phase de plus. Il vaut mieux prendre toutes les précautions et attendre le rendez-vous . »

Attendre ?... Elle voudrait se révolter ! Elle rêve depuis si long-temps de devenir mère.

A Talence, le Dr M. gynécologue, l'accueille avec chaleur dans son grand cabinet lumineux. Aux murs, des photos de sous-bois ou de bords de mer sauvages donnent une touche de sérénité et de couleurs aux murs immaculés. Sur son bureau, le dossier envoyé par le gynécologue de Marie est ouvert. Elle en reconnaît l'écriture. Il émane de cet homme grand et charpenté, plein de douceur. Sans détour, il lui annonce calmement que si elle se tient là dans son bureau, c'est qu'il y a un souci. Marie hoche la tête, hébétée, se dévêt pour être examinée, s'allonge. Le médecin parcourt son ventre rebondi avec l'appareil, le re-pose sans rien dire puis prend la parole.

Elle écoute le verdict tomber : il lui annonce l'absence d'une membrane importante du cerveau qui en assure son développement et la transmission neuronale entre les deux hémisphères. Cette agénésie explique la petitesse de la tête. Marie s'enfonce intérieurement, voudrait ne pas entendre. Elle tente mentalement de s'échapper, de fuir les paroles qui s'égrènent. Elle se revoit à l'annonce de son test positif de grossesse, la joie intense qu'elle avait ressentie il n'y a encore que quelques mois. Puis elle plonge ses yeux dans ceux de ce médecin si doux, clair et précis à la fois, voudrait s'y noyer pour ne pas sentir la douleur monter en elle.

« Vous pouvez le garder, mais dans ce cas, les probabilités qu'il n'y ait pas de problèmes dans le futur sont faibles, insiste le gynécologue.

— C'est-à-dire ? interroge Marie dans un murmure.

— Le cerveau n'étant pas structuré normalement, des retards de développement peuvent vite surgir, comme des épilepsies par exemple.

— Quel est le pourcentage de risques docteur ? enchaîne le compagnon de Marie, comme pour laisser à Marie, le temps d'encaisser le choc de la nouvelle.

— Soixante-dix pour cent je dirais... Quant à la nature des retards, on ne peut les évaluer dès maintenant », ajoute le médecin.

Marie écoute, focalise son attention comme elle peut pour ne pas capituler. Dans un sursaut d'énergie, elle questionne : « S'il y a soixante-dix pour cent de risques, il reste trente pour cent où tout peut aller bien, et je crois aussi que l'on ne connaît pas encore tous les secrets du cerveau ?

— C'est une épée de Damoclès, un risque à prendre, lui répond gentiment le Dr M. et je ne vous cache pas que le choix est difficile mais quelle vie aura cet être, quelle vie y aura-t-il pour lui si ces problèmes physiologiques se révèlent ? Il faut que vous pensiez à lui et à vous aussi. »

La consultation se termine. Avant de partir, il l'informe que c'est à elle et son compagnon de décider et lui conseille à nouveau de penser aux risques encourus. Elle a deux semaines pour réfléchir. Nous sommes à sept mois passés.

Sur le chemin du retour, elle a le sentiment de chuter inexorablement dans un trou sans fond de douleur et voudrait gagner du temps, se dire que peut-être, lui aussi s'est trompé. Attendre cet enfant ne peut se transformer à le faire disparaître ! Elle repense au livre scientifique que son père lui avait prêté quand elle était adolescente, *L'homme neuronal* et aux travaux récents de recherche sur la plasticité du cerveau.

« Et si on sous-estimait les ressources du cerveau et qu'en réalité, cette absence de membrane serait compensée par autre chose ? Et si plutôt que de voir les soixante-dix pour cent, on pouvait plutôt s'attacher aux trente pour cent ? demande Marie à son compagnon.

— Oui je suis d'accord, mais ce n'est que trente pour cent, ce n'est pas beaucoup. »

Marie ne peut se résoudre à cet acte d'interruption. La veille de la décision, elle ne dort pas de la nuit, agitée par la culpabilité alors que la vie bouge en elle. Elle caresse son ventre, pour lui dire qu'elle est là, mais se sent si meurtrie et écartelée. Au réveil, épuisée, elle écoute les paroles de son compagnon. Il lui reparle des risques d'une vie difficile faite de souffrances pour tout le monde si on poursuit le chemin. Marie cède. Elle lâche sa lutte intérieure et décide d'arrêter cette grossesse avec des hurlements silencieux qui la laissent exténuée. Elle retourne rapidement chez son gynécologue qui la conforte pour sa courageuse décision. Marie est le deuxième cas de sa longue carrière pour ce problème physiologique particulier.

Le rendez-vous est pris à l'hôpital de Talence. Faute de place, elle se retrouve seule dans une chambre lumineuse mais située parmi d'autres dans lesquelles des femmes vont mettre au monde leur enfant ou viennent d'accoucher… La nuit arrive et Marie est placée dans une petite pièce, les jambes écartées, seule, sur une table d'accouchement. Il fait froid et sombre malgré le drap qui lui couvre le haut du corps. Elle est seule et n'a aucune idée du temps qu'elle passe ainsi. Elle a mal en dépit de la péridurale. Mal dans son cœur, mal dans son corps et se sent abandonnée. Puis, arrive trois personnes masquées dont elle distingue à peine les visages. Ce n'est pas le médecin qu'elle avait vu qui va « l'accoucher ». Elle ne retrouve pas le regard bienveillant du docteur qui l'a suivi mais celui d'un homme froid, nerveux, presque pressé. Son sentiment d'abandon et de solitude monte malgré la présence des silhouettes qui s'agitent devant elle. On lui ordonne de pousser, de pousser mieux. Marie se sent aspirée, vidée. En laissant partir ce bébé, c'est comme si tout ce qui vivait en elle s'échappait avec lui. Elle ne sait plus ce qu'elle ressent. Tel un automate, elle fait ce qu'elle peut, comme une bonne élève qu'elle a toujours été, mais ses forces l'abandonnent. Et puis, c'est fini. Elle n'a bien sûr rien vu, rien entendu, que les invectives du médecin accoucheur, derrière le voile de tissu suspendu devant ses yeux pendant l'effort.

Elle est ramenée dans sa chambre, entend des pleurs de bébés qui viennent des chambres alentour, ferme les yeux. Son compagnon est à ses côtés, ne montre rien mais elle le sent aussi ébranlé qu'elle. Il la câline.

Elle apprend qu'elle portait une fille. Lui vient aussitôt à l'esprit le prénom de sa grand-mère, Hélène, qu'elle adorait.

Une infirmière lui propose d'aller la voir. Marie hésite, habitée d'une culpabilité et d'une tristesse infinies. Des voix intérieures se font à nouveau entendre en elle : tu as arrêté la vie , c'est trop tard maintenant, c'était sûrement mieux pour elle...

Elle décide de se rendre finalement dans la salle funéraire. La petite Hélène est posée là sur un guéridon, si minuscule dans ce pyjama trop grand, une bougie allumée près d'elle. Marie voudrait immortaliser cet instant et prendre Hélène pour la bercer comme si elle ne faisait que dormir paisiblement. Mais ses yeux se brouillent de larmes, et dans un élan, elle la caresse et murmure un « pardon » à son bébé qui repose. Elle voudrait veiller ici des jours et des jours, ne pas laisser Hélène seule dans cette pièce vide, tellement triste. Puis à regret, elle finit par sortir de la pièce, perdue. L'infirmière la soutient sans un mot et la raccompagne dans sa chambre. Avec son compagnon, ils rentrent chez eux, épuisés, sidérés. Deux semaines s'écoulent. Ils obtiennent les résultats de l'autopsie. Hélène n'aurait certainement pas survécu à la naissance selon le rapport médical.

Quelques temps plus tard à Talence, le Dr M. la reçoit avec la même chaleur que lors du premier rendez-vous. Il prie Marie de l'excuser de son absence, son père venant de décéder à ce moment-là. Marie ne parle pas du déroulement brutal de cette interruption de grossesse. Elle en a pourtant gros sur le cœur. Le Dr M. enchaîne sur les causes possibles mais n'a pas d'explication tranchée sur ces malformations. « Il faudra faire avec ces hypothèses. Rester avec ce doute et l'accepter…. Avec le temps, vous allez y arriver ! » conclut le médecin dans un sourire rassurant, prenant la main de Marie et celle de son compagnon. Puis, regardant Marie avec intensité, il ajoute : « Vous pouvez de nouveau aussi retomber enceinte ! »

Six mois s'écoulent, et pour son plus grand bonheur, le sablier se remet debout : Marie attend de nouveau un enfant. Neuf mois s'écoulent où alternent examens, contrôles et échographies rassurants.

Une nuit, presque au terme, Marie ressent des douleurs importantes, de vraies contractions qui s'accélèrent. Sept heures plus tard, enfin, elle est là ! Sa petite fille est posée sur elle et montre son petit visage très pâle. Très émue, Marie la découvre, tellement soulagée. Puis très vite, elle lui est retirée. Marie entend un petit cri. Elle vit ! Amandine vit ! Pourtant quelque chose bascule à nouveau. A cause de la présence d'une bosse à l'arrière de la tête et compte tenu des événements précédents, le corps médical ne veut prendre aucun risque. Son bébé, replacé à côté d'elle, doit partir à l'hôpital en soins intensifs. Marie ne peut y croire, c'est un cauchemar qui reprend, un gouffre qui s'ouvre sous ses pieds ! Le sablier du temps est de nouveau renversé avec fracas !

Elle est ramenée dans sa chambre, le berceau reste vide. Éperdue, elle est écrasée par le chagrin. Son compagnon tente de la consoler. Le Dr L. l'a rejoint rapidement. Il est là, la rassure. Il n'y a rien de grave, il en est persuadé. Cette bosse est due à la ventouse et non à un quelconque problème, mais c'est le pédiatre qui décide de la conduite finale à tenir. Marie s'apaise alors. Elle pourra aller voir son bébé à l'hôpital et l'allaiter.

Quelques heures plus tard, Marie parcourt le service néonatal, passe devant les vitres où elle aperçoit des petits prématurés. Sa fille lui est amenée, jolie comme un cœur. Très émue, elle berce Amandine, la tête nichée dans le creux de son bras. Elle tête, les yeux tournés vers le visage de sa mère. Puis il faut déjà repartir, laisser son trésor aux bons soins de l'infirmière. Marie caresse sa fille, l'embrasse, lui murmure qu'elle est là, qu'elle va revenir très vite. Deux jours d'inquiétude grandissante s'écoulent, des scènes anciennes passant parfois dans son cerveau en alerte.

Les résultats arrivent enfin… tout va bien ! Comme l'avait prédit le docteur L. cette bosse n'est que le résultat d'un accouchement difficile et va se résorber. Une longue, si longue attente parsemée de cauchemars éveillés se termine enfin. Rassurée, Marie peut renaître à la vie, Amandine est là.

Salle d'attente

Devant la lourde porte en bois sculptée de cet immeuble haussmannien, Antoine sonna et entra. Le cabinet s'ouvrait sur un immense couloir que desservaient quatre portes. A l'entrée, une femme rondelette aux petites lunettes cerclées, les cheveux grisonnants, officiait en tant que secrétaire derrière un comptoir immaculé. Antoine y déclina son nom car visiblement la secrétaire habituelle n'était pas là.

Elle répondit comme mécaniquement sans même vérifier vraiment l'identité d'Antoine :

« Il va y avoir du retard.

— C'est-à-dire ? questionna Antoine.

— Je ne saurais vous dire, mais vous avez de quoi patienter dans la salle d'attente. Essayez la numéro 2 », lui dit-elle en le fixant d'un regard pénétrant et d'une voix monotone. Gêné, Antoine s'éloigna et ouvrit la salle d'attente en question, la numéro deux.

C'était en réalité une sorte de bibliothèque immense qui courrait sur l'ensemble des quatre murs à l'exception de la fenêtre qui permettait de laisser entrer la lumière. Surpris, Antoine pensa qu'il y avait eu des travaux importants depuis sa dernière visite. Des fauteuils profonds étaient installés devant. Le plafond était haut et une échelle de bibliothécaire était même à disposition pour celui ou celle qui voulait pousser sa curiosité vers les rayonnages supérieurs. En balayant du regard les quelques patients qui attendaient, il s'aperçut qu'ils avaient sur leurs genoux de gros volumes ouverts, sortis des rangées de livres bien alignés, car certains espaces étaient vides. Ils semblaient tellement absorbés par leur lecture qu'Antoine eut un instant la vision fugace des mannequins du musée Grévin, statufiés dans une position froide et immortelle. Antoine frissonna. Il faisait pourtant chaud ici, une chaleur sèche entretenue par un chauffage au sol qui finissait par rendre les joues rouges. « Ce frisson n'est pas dû à la température, se dit-il. Il y a autre chose ». Personne n'avait levé la tête à son arrivée comme si le bruit de la porte qui s'ouvre était automatiquement étouffé et absorbé par l'épaisse moquette. Il aurait été *L'Homme invisible* que l'effet aurait été similaire. Depuis combien de temps ces personnes étaient-elles là ? Il n'osa troubler le silence et à pas feutrés, longea les étagères, pencha la tête pour lire quelques titres. *Éloge de la lenteur, L'art de la patience...* Deuxième frisson. Une pointe d'angoisse s'insinuait dans son esprit, associée à un début d'explication. Pour en avoir le cœur net, il sortit discrètement dans le couloir et entrouvrit la salle d'attente numéro un.

Cette fois-ci, un écran était disposé sur le mur central de la pièce et un film avait été inséré dans le lecteur. Antoine y porta attention et reconnu Tom Hanks, l'acteur américain dans le film *Terminal*, l'histoire d'un homme coincé dans un aéroport en impossibilité de rentrer dans un pays qui venait de disparaître politiquement de la carte. Un nouveau frisson parcourut l'échine d'Antoine. Dans cette salle numéro un, un homme accompagné d'une valise à roulettes, assis sur le bord d'une chaise fixait l'écran l'air hébété. Sur les murs, des affiches de pays lointains, de déserts de glace ou de sable. Antoine lui tapota légèrement l'épaule. L'homme tourna lentement la tête vers lui. Une larme glissait le long de sa joue. « Depuis combien de temps êtes-vous ici ? » lui demanda Antoine. L'homme ne parut pas entendre puis au bout de deux minutes lui murmura : « Je ne sais pas… je ne sais plus… deux jours… deux mois peut-être… »

Pris de panique, Antoine sortit précipitamment dans le couloir, passa devant le bureau de l'accueil. La secrétaire avait disparu sans laisser de trace et son bureau était vierge de tout dossier. Il retourna au pas de course vers la salle numéro deux. Au-dessus de la porte, il lui sembla que la pendule indiquait quasiment le même horaire depuis son arrivée. Et un silence pesant régnait. On n'entendait aucun bruit, ni personne déambuler dans les couloirs, ni aucune machine de dentiste entrant en action.

Antoine recula, fit demi-tour et sortit précipitamment du cabinet sans même se retourner. La cage d'ascenseur n'était pas là. Il n'hésita pas une seconde et descendit quatre à quatre les marches, faillit renverser le concierge qui sortait de sa loge, glissa sur le carrelage mouillé et se rattrapa de justesse. Dans l'affolement, il appuya d'abord sur l'interrupteur puis dans un geste sec sur le bouton de la porte d'entrée. Dans un dernier élan, il tira de toutes ses forces le lourd battant et sortit précipitamment dans la rue. La main posée sur le mur de la façade et la tête rivée vers le pavé, il s'arrêta pour reprendre son souffle, calmer son cœur qui semblait au bord de l'explosion et attendre que l'angoisse qui l'étreignait se dissipe.

Reprenant ses esprits, Antoine retrouva peu à peu une respiration normale. Il leva la tête vers la façade, se repassant en accéléré ce qu'il venait de vivre. Son regard fut attiré par la plaque dorée fixée près de la porte. Elle indiquait le déménagement d'escalier du dentiste. Il n'était plus au A mais au B, et en dessous, on pouvait lire l'installation récente d'un cabinet... d'hypnose.

La ligne

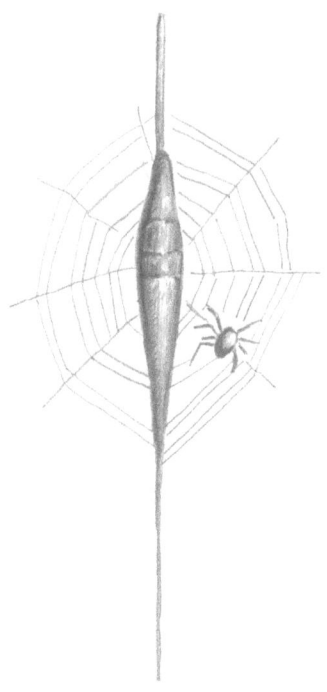

Augustin arriva au début du pont et s'arrêta quelques instants. De loin, en amont, on pouvait suivre les méandres de la
rivière étincelante qui partait sillonner la campagne berri-
chonne. Un ciel limpide avec deux trois nuages isolés, ajoutait
une note de légèreté à la tranquillité du paysage. Il aimait cette

vue dégagée, immuable en apparence mais qui en fonction des heures de la journée se transformait en tableaux de peinture dignes des plus grands impressionnistes. Il se rappela avec nostalgie l'exposition parisienne de ces artistes qui éveillent à la contemplation et au sens du détail, et magnifient l'ambiance champêtre d'un repas au bord de l'eau ou les notes pastel de voiliers effilés.

Son regard se posa près d'un des piliers du pont. Une barque échouée semblait attendre son propriétaire. Elle avait fière allure. Sur son flanc, les lettres peintes en blanc se détachaient du vert fraîchement étalé sur la coque. Augustin reconnut l'embarcation de son voisin Antoine qui s'était lancé dans l'équipement complet du parfait pêcheur. Cela faisait longtemps qu'Augustin n'avait pas navigué et se dit qu'il faudrait un jour lui proposer de l'accompagner. Cela lui ferait un peu de compagnie. Il poursuivit son chemin jusqu'au bout du vieux pont métallique qui permettait dans un autre temps de franchir la frontière naturelle du fleuve et de gagner la zone libre. Seules quelques photos anciennes récupérées de vide-greniers témoignaient de cette période sombre. D'un pas lourd, il descendit avec prudence le long de la berge. Personne. Les habitués avaient déserté le lieu pourtant réputé pour son abondance. Il soupira, mi-résigné mi-las. La solitude commençait à lui peser.

Après avoir rejoint son emplacement habituel à l'ombre d'un saule pleureur, installé son pliant, il s'assit et se pencha. Son visage se rapprocha de la surface liquide et il vit son reflet. Celui-ci trahissait une fatigue et un ennui qui lui tiraient les traits. Le quinquagénaire avait l'habitude de venir pêcher sur les bords du Cher mais aujourd'hui une sensation étrange l'envahissait où la mélancolie mêlée à de la déception lui donnait un goût amer jusque dans la bouche. Peut-être que l'éloignement de son ex-femme, ou bien l'absence de sa fille étudiante à l'étranger y était pour quelque chose. Les échanges avec cette dernière s'étaient espacés ces derniers temps. Il la savait très prise par ses études et ne voulait pas l'importuner. Elle lui manquait.

Il se secoua pour chasser les pensées qui l'entraînaient vers des profondeurs qu'il redoutait, et reprit sa position légèrement penchée avec sa ligne calée aux pieds. Tout était en place pour appâter le poisson. Devant lui, le bouchon ondulait au gré des moustiques d'eau qui, avec leurs pattes, traçaient des arabesques comme si elles avaient des ventouses sous chacune d'elles. « Pêcher est un art, Augustin » lui avait dit Julien, son maître de pêche. Un art ? Au début, il n'y croyait pas. L'art, c'était les tableaux, la peinture, la sculpture mais l'art dans la pêche ? Il avait fini par comprendre au fil du temps ce que laissait entendre son ami : pêcher était l'art de la patience, l'art de l'attente, une position philosophique à elle toute seule. La main tenait une canne, elle-même prolongée d'une ligne, celle-ci allongée d'un fil de nylon. Et au bout de ce fil, un hameçon, meurtrier, camouflé par une mouche, un asticot. Un déjeuner potentiel était donc tout au bout de cette aventure. Et Augustin n'en avait pas la composition. Il pouvait juste la créer dans son esprit et l'imaginer. Il n'avait pas non plus la main sur la prise, si prise il y avait. Tout était dans cette subtile tension de l'attente.

Les minutes s'écoulaient. Augustin ne bougeait pas mais commençait à sentir un certain engourdissement dans les jambes, des picotements sous les pieds, une légère raideur de la nuque. Il décida de se déplacer et se leva lentement, la ligne à la main, les doigts serrés sur la poignée de liège, le bouchon effectuant une danse endiablée sous l'effet du geste. A cet instant, il aperçut juste sous la surface, un œil rond qui le regardait, immobile. Augustin voulut se rapprocher vers lui mais *pff* celui-ci disparut sans une onde de mouvement. Étrange. Cet œil avait un regard pénétrant comme si la surface de l'eau n'existait plus tant les contours étaient nets, comme si Augustin avait pu être lui aussi un poisson interpellé par un congénère, un être vivant parmi tant d'autres... Au fond de l'eau, j'irai nager un jour se dit Augustin après avoir hésité un instant à rejoindre celui qui l'avait observé, impassible dans l'eau paisible. La baignade n'était pas son fort. Pourtant quelque chose d'indicible l'avait attiré vers la rivière et la vie qui y tourbillonnait. S'immerger, ne plus sentir ce corps qui s'alourdissait avec les années, revenir à un état originel de fluidité. Était-ce un signe de la nature pour se remettre en mouvement, changer d'air, d'environnement ?

Il finit par laisser sa ligne bien calée, et s'allongea, le regard tourné vers le ciel. Les muscles de son dos se détendaient peu à peu et ses mains reposaient comme des empreintes étoilées, paumes contre terre dans l'herbe humide. Il se sentait à présent ancré dans le sol tel un marin à la dérive qui aurait accosté et serait aspiré par le ciel immense qui le chavirait. Les quelques nuages présents entamaient un bal pour former des silhouettes étranges, un bestiaire fantastique où se côtoyaient des serpents à gueule ouverte et des ours endormis, des visages de profil tantôt en colère tantôt rieurs. Autre ligne de perspective. Il tourna la tête vers le lac et sa surface tranquille. Juste devant lui, une « dentellière » finissait délicatement sa toile entre deux feuilles. Au bout de son abdomen, la ligne formée par son fil tremblait dans la lumière. Augustin la regarda faire. Elle aussi cherchait son déjeuner à l'aide de plusieurs faisceaux de lignes qu'elle avait fabriquées. Comme lui, elle allait devoir attendre qu'un insecte volant se prenne tout entier dans sa toile. Pas d'appât pour elle, seulement la transparence irisée dans la lumière de son piège.

Augustin imagina alors un filet à la place de sa canne à pêche ressemblant à la toile de l'araignée, plongé à la verticale face au courant lors du passage des poissons. Il observa à nouveau sa voisine de près et surtout sa création. Il était époustouflé par la parfaite symétrie des fils si résistants et de leurs dispositions en étoile. L'ouvrage était une magnifique œuvre d'art, ressemblant à une rosace d'église ou à une mantille savamment crochetée. Il eut alors une pensée émue pour sa grand-mère, Rose, couturière et brodeuse qui créait napperons et autres merveilles délicates à la lumière de la lampe avec son crochet fin et un fil de soie. Il les avait récupérés à la mort de celle-ci sans y prêter vraiment attention, et les avait rangés dans une boite en tissu à l'odeur de naphtaline. Mais à présent, des flots de souvenirs remontaient à la surface de sa mémoire. Il se revoyait enfant, silencieux, les yeux écarquillés et fixés sur les doigts qui faisaient une danse intime avec le fil. Il regarda à nouveau sa voisine à huit pattes. C'était tellement Rose, aussi patiente qu'elle et agile de ses doigts ! Il décida alors de la prénommer ainsi.

Celle-ci s'était arrêtée de tisser. L'œil d'Augustin s'était beaucoup rapproché... La dentellière n'avait jamais vu d'œil humain de si près. D'habitude, on s'éloignait plutôt de sa toile avec des yeux horrifiés accompagnés parfois de hurlements stridents. Pour Rose, la jeune araignée, c'était complètement nouveau… Elle se vit d'abord dans le reflet de l'œil. S'étalait du blanc laiteux tel un lac immobile, brillant et transparent où le soleil pouvait y jouer de ses rayons. Au centre de ce lac formant un cercle parfait se profilait une île sombre striée de verdure foncée et claire. Rose y distingua des fils dorés qui se rejoignaient en son centre. À cet endroit précis, une pierre ronde et noire qui s'agrandissait quand le soleil perdait de son éclat, était posée. Elle assista à un phénomène étrange : l'île se déplaçait sur le lac blanc en fonction de ce qui attirait Augustin.

Celui-ci recula et se mit de nouveau à balayer le ciel du regard. La demoiselle à huit pattes pouvait maintenant voir l'œil de profil, ce lac blanc et transparent d'où l'île semblait désormais suspendue. Elle découvrit en son bord, deux rangées de cils noirs recourbés tels des oiseaux prêts à défendre leur repaire à la moindre poussière envahissante. « Un bel effet d'ensemble se dit Rose après réflexion en retournant à son ouvrage. » Celui-ci fut bientôt fini. Une œuvre splendide, parfaitement tissée, régulière en tous points. Satisfaite, elle s'en écarta et se posa au bord de sa toile, immobile, prête.

Avec un léger sourire, Augustin se recula doucement. Il n'était plus seul à devoir attendre. Il y avait Rose, sa compagne du moment qui de son point de vue, était mieux armée que lui avec sa grande toile ! À la surface de l'eau, Augustin voyait les moucherons s'agiter dans la lumière et quelques poissons se faufilaient furtivement pour les gober. Sur la rive d'en face, un héron se montra, fouillant la vase de son long bec effilé. La fable de La Fontaine *Le renard et la cigogne* dans laquelle les deux animaux s'invitaient à dîner lui vint spontanément à l'esprit. Le héron lui aussi se mettait à table et ne semblait pas attendre qu'un brochet ou une carpe daigne se montrer...

Il regarda sa voisine. Elle était toujours immobile au bord de son ouvrage. Celui-ci vibrait légèrement dans la brise mais pour l'instant, pas un insecte n'avait été pris par le piège. Augustin fut traversé par une énergie joyeuse : malgré le jour déclinant, le spectacle des rayons du soleil qui projetaient des reflets étincelants à la surface de l'eau éveillait peu à peu son âme d'enfant. Il n'était plus un homme vieillissant mais un petit garçon de huit ans ému de tant de découvertes, happé et surpris par les interactions de la nature environnante toujours en mouvement, dans un équilibre subtil, merveilleux et interdépendant.

Il jubilait, l'œil pétillant. Lequel de nous deux aura le premier son repas avant la nuit, pensa-t-il. Le compte à rebours était désormais lancé, l'aventure ne faisait que commencer...

La dernière séance

22 h 05 - Carol pénétra dans le hall. Elle aimait venir dans ce cinéma de Greenwich Village. Habituée de cette salle obscure réputée pour sa décoration chaleureuse, son ambiance feutrée, elle avait d'emblée pensé à ce lieu pour le premier rendez-vous. Passionnée par le septième art, elle assistait à la projec-

tion des films dès leur sortie, au moins deux fois par semaine. Il y a quelques jours, elle avait été bouleversée en découvrant l'adaptation par Victor Fleming du roman de Margaret Mitchell, *Autant en emporte le vent*, qu'elle avait lu dès sa sortie trois ans plus tôt, une saga qui l'avait laissée rêveuse et pensive.

Aujourd'hui, telle une adolescente, elle se sentait nerveuse et peu sûre d'elle. Elle se dirigea vers la caisse où siégeait Allison qu'elle connaissait bien maintenant et se décida à prendre deux tickets. Celle-ci la salua comme à son habitude, puis tout en rendant la monnaie, lui adressa un clin d'œil complice après avoir commenté la tenue élégante de la jeune femme. Mais Allison ignorait le temps que Carol avait passé à tester essayer des tenues. Après moult tergiversations et une penderie vidée, son choix s'était porté pour une tunique bleue nuit assortie à des sandales argentées, qui mettait sa chevelure blonde en valeur. Pour se protéger de la fraîcheur nocturne, elle avait opté pour une veste cintrée noire. Carol la remercia d'un sourire puis attendit dans le hall quasi désert. Elle était arrivée en avance pour l'accueillir et souhaitait prendre le temps de calmer la tension qui l'agitait.

La séance était prévue pour 22 h 30. Après, ils iraient peut-être boire un verre dans un café chic du quartier. C'est ce qu'elle espérait secrètement. Elle jeta un coup d'œil à sa montre. Un petit quart d'heure encore à l'attendre, se dit Carol à voix basse dans un souffle. Pour tenter de faire baisser sa nervosité à fleur de peau, elle déambula le long des vitrines qu'elle connaissait déjà, admirant les affiches des films déjà passés, telle celle de *La chevauchée fantastique* avec John Wayne qu'elle adorait.

Au bout de dix minutes, ne voyant personne venir, elle n'y tint plus et questionna Allison, au cas où celle-ci aurait déjà aperçu celui qu'elle attendait et qui serait déjà installé confortablement. Elle le décrivit le plus fidèlement possible. Au fur et à mesure du portrait qui se dessinait, Carol s'empourprait devant le sourire croissant d'Allison : un homme un peu plus grand qu'elle, la cinquantaine, les cheveux châtains ondulés, une fossette sous le menton et des yeux gris-vert de forme allongée. Non, Allison ne l'avait pas vu mais elle lui conseilla d'aller vérifier. Carol laissa son amie amusée et descendit les marches qui menaient à la salle en sous-sol après avoir déposé sa veste au vestiaire. Un lourd rideau de velours rouge séparait la fin de l'escalier de l'entrée, proche de l'écran. La salle était presque vide ce vendredi soir. Le couple qu'elle avait vu en arrivant, était installé non loin d'un autre mais ils ne semblaient pas se connaître. Personne ne parlait. Elle parcourut du regard les rangées clairsemées des fauteuils. Pas de visage familier. Il était peut-être en retard. Une inquiétude commença à pointer.

22 h 15 - Elle longea les rangées et s'adossa au mur du fond de la salle non loin de la porte de sortie. De là elle avait une vision large, lui permettant en toute discrétion de voir qui arriverait. Les minutes s'écoulèrent. Le rideau rouge de l'entrée n'avait pas bougé d'un pouce.

Cela faisait peu de temps qu'ils s'étaient rencontrés un soir chez des amis communs. Des scènes fugaces lui revinrent à l'esprit. Ils avaient parlé de leur métier respectif, lui professeur de littérature et elle illustratrice de dessins pour la jeunesse, constatant avec surprise de nombreux centres d'intérêt communs. Ils avaient convenu de se revoir rapidement mais après un premier rendez-vous pris dans ce cinéma, il l'avait annulé sans évoquer de motif précis. Puis une autre date avait été trouvée. C'est elle cette fois qui n'avait pu l'honorer. L'homme ne s'était pas formalisé, c'était plutôt rassurant. Elle lui avait rapidement proposé un autre jour. Il avait tardé à répondre et cela l'avait perturbée. Avait-il envie de la revoir, de faire plus ample connaissance cette fois-ci en tête à tête ? Hésitait-il ? Ses amies l'avaient plus ou moins rassurée. Certaines arguaient que c'était mauvais signe, d'autres, au contraire, que cela prouvait l'homme réfléchi, observateur et qu'il fallait lui laisser le temps. Mais le temps, justement, elle n'en avait plus. La solitude lui pesait depuis la fin de sa dernière aventure sentimentale longue de quelques années. Elle y avait cru si fortement ! Elle s'interrogeait parfois si son métier d'illustratrice de contes pour enfants ne la baignait pas dans un univers trop romantique et fleur bleue. Ses échecs sentimentaux la laissaient toujours blessée et incrédule. En proie au doute, elle se disait aussi qu'un rendez-vous pour une séance de cinéma était loin d'être original, qu'elle aurait pu inventer quelque chose d'autre pour le surprendre… mais l'inviter ici était un moyen de lui révéler sa passion des salles obscures, qu'il semblait partager. Lors du dîner de leur première rencontre, il avait évoqué certains films qu'elle connaissait. Elle se remémora son rire, son humour si charmant, sa simplicité et la facilité avec laquelle ils avaient convenu d'une première date. Après les deux premiers rendez-vous annulés et au bout de plusieurs jours de silence, elle avait reçu la confirmation tant espérée. D'un coup, la confiance en elle et son enthousiasme étaient revenus ! Elle regarda de nouveau sa montre. Trois minutes seulement s'étaient écoulées. Cela lui sembla une éternité. Le rideau de velours rouge ne bougeait toujours pas. Elle se rapprocha de l'entrée et attendit, adossée au mur sous la lumière chaleureuse d'une applique. Là, il ne pourrait pas la manquer. Elle perçut du mouvement venant de l'escalier et retint sa respiration, le cœur lui donnait brutalement des coups de tambour dans la poitrine. Un homme se glissa par l'entrebâillement du rideau. Arthur, le projectionniste venait vérifier quelque chose sur l'écran. La poitrine de Carol s'affaissa comme si elle était restée en apnée de longues secondes. Elle se sentait terriblement nerveuse. Elle connaissait bien Arthur et l'appréciait. Elle venait parfois prendre un café avec lui lors de ses pauses. Homme gentil et prévenant, il demeurait célibataire malgré les quelques aventures qu'il lui avait racontées. Il avait d'ailleurs tenté sa chance avec elle mais elle l'avait gentiment éconduit, lui faisant comprendre qu'il n'était pas son style. Avec le temps, elle s'était demandé si elle n'avait pas eu tort de refuser ses avances. Elle était toujours seule. Si elle jouissait d'une forme de liberté depuis sa dernière séparation, émancipée du carcan social et du statut de femme au foyer qu'impliquait tout projet de mariage, elle sentait de plus en plus le poids de la solitude sur ses épaules. De loin, elle salua Arthur qui venait de l'apercevoir. Celui-ci lui rendit son salut d'un geste de la main. Son ressentiment de l'instant s'était envolé.

Elle se mit à espérer et attendit, immobile. Elle baissa les yeux, le visage à moitié dans l'ombre. À ses doigts, on ne distinguait ni anneaux ni pierres fines. Son bras gauche replié sous le droit, elle réfléchissait, la main posée sur l'ovale de la joue. Toute son attention était intérieure, focalisée sur cet homme qui lui plaisait. Ce qui se passait autour d'elle semblait l'indifférer. Il ne s'y passait rien de toutes les façons. Les quelques murmures de conversations échangés entre les silhouettes assises étaient absorbés par le velours épais des fauteuils. Un silence assourdissant envahissait la salle.

22 h 28 - La lumière avait baissé d'intensité. Carol n'avait pas eu besoin de vérifier l'heure, car c'était le rituel indiquant le début imminent du film. Un frisson lui parcourut tout le corps alors qu'il faisait chaud. Ses sandales lui serraient les

pieds. Elle se déplaça alors légèrement le long du mur. Puis, elle fut prise d'une peur soudaine concernant son allure, sa tenue. Elle avait pris du temps pour la choisir. L'enjeu était important. Et pour lui ? s'interrogeait-elle. A cet instant, aucune réponse ne lui venait. Ce vide révélait brutalement l'énorme doute qui l'habitait et sa confiance dégringola. Elle savait si peu de choses sur lui ! Elle chercha à se rappeler de nouveau la scène du dîner où ils avaient commencé à faire connaissance. Elle se souvint de quelques bribes de conversations. Elles avaient pris une tournure plus intime au moment du dessert et concernaient leurs aspirations personnelles. A deux reprises, il avait utilisé le mot *naturel* mais elle n'arrivait plus à retrouver dans son esprit le sujet précis rattaché à ce terme. Aimait-il plutôt les femmes simples, naturelles ? A cette pensée, elle se glissa furtivement hors de la salle et alla vérifier son apparence dans la glace du vestiaire. Et s'il arrivait entre-temps ? Après avoir jeté un rapide coup d'œil à sa coiffure, repoudré ses joues, remis un peu de mascara sur ses longs cils noirs, vérifié ses yeux et ses lèvres teintées d'un rose légèrement brillant, elle se rassura sur l'effet qu'elle estimait produire puis sortit précipitamment.

22 h 30 - Les lumières venaient de s'éteindre et seules les flèches de sortie restaient allumées, telles des sentinelles rassurantes. Carol s'affola. Elle balaya comme elle pouvait la salle du regard, mais le passage brutal de la lumière à l'obscurité l'empêchait de voir distinctement. Elle sentit son cœur se serrer et cette étreinte descendre vers son ventre et ses membres inférieurs. Elle avait la gorge sèche. Des questions recommençaient à l'assaillir, à fuser dans son cerveau. L'avait-elle raté ? Avait-il eu un empêchement de dernière minute ? Avait-il renoncé à cette soirée ?

Non, elle ne voulait pas croire à ce nouveau désenchantement ! Tous ses projets s'écroulaient comme un château de cartes. Elle étouffait ici. Elle se désespérait. Personne ne viendrait plus. La vie était ailleurs, dehors dans les rues bruyantes et grouillantes de New York, où l'amour était possible, la rencontre à venir, le rendez-vous probable, attendu, joyeux, quelque chose qui s'appellerait... « le bonheur » ?

Elle s'adossa de nouveau sur le mur près du rideau et baissa la tête, une larme commençait à monter sur les bords de sa paupière. Lorsqu'un souffle d'air fit trembler le rideau...

Résistances

Aymeric s'engage sur le chemin escarpé. Chaussé de grandes bottes, il progresse malgré la boue et les nombreuses flaques que la tempête des derniers jours a laissées sur le sol. Le printemps est à peine commencé et les arbres se sont déjà habillés de toutes les nuances de vert. Pour Aymeric, c'est enfin la bouée d'oxygène qu'il attend depuis si longtemps. La séche-resse récente a bouleversé le calendrier des récoltes prévues. Il va falloir faire preuve à nouveau de patience. Pourtant ce n'était pas à l'origine une de ses qualités premières. Tout en gravissant le sentier, Aymeric repense aux années écoulées avant d'arriver sur ces terres lyonnaises et le chemin parcouru.

Héritier d'une longue tradition d'agriculteurs, Aymeric a passé toute son enfance bretonne, lorsqu'il n'était pas sur les bancs de l'école, à regarder son père et son grand-père s'affai-rer dans la ferme et dans les champs. Il garde en mémoire le passage lent et tranquille du cheval labourant, la terre mise au repos pendant que d'autres parcelles recevaient les graines à la volée. Il y avait eu aussi les fins d'été avec la récolte des pommes, juteuses et croquantes, le cidre que l'on mettait en bouteilles et que l'on vendait sur les marchés de la région. Ses qualités gustatives lui octroyaient certains prix agricoles re-nommés dont les trophées faisaient la fierté familiale. Les an-nées s'étaient ainsi succédé au rythme des respirations saison-nières. Petit à petit, les choses s'étaient comme « accélérées ». Il avait fallu produire plus. Adolescent, le jeune homme se sou-venait des discussions animées entre son père, son grand-père et les autres paysans du coin. On parlait rendements, investissements, machines, engrais, pesticides... Aymeric avait accompagné son père dans ce changement de rythme, se spécialisant comme les autres sur quelques semences et variétés réputées prometteuses et rentables, abandonnant les autres, s'équipant d'engins modernes mais coûteux pour quadriller les surfaces devenues immenses. Du bocage d'origine, il ne restait rien. La terre avait changé de visage. Seul, il avait repris l'exploitation, endossé le costume de chef d'entreprise, tout en devenant le maillon d'une chaîne dont il n'avait pas toutes les clés. « Paysan ». Ce mot semblait avoir vécu.

Il y a cinq ans, cela avait commencé à se gâter. Les arbres et les cultures étaient devenus moins résistants aux parasites, aux sécheresses récurrentes ou aux pluies diluviennes qui endommageaient les récoltes. Aymeric et son père avaient alors modifié les traitements pour accélérer les rendements à coup d'engrais et de pesticides afin de fournir les entreprises agro-alimentaires gourmandes en récoltes : la terre devait suivre... Puis le choc ! Son père, premier touché... Au début, celui-ci n'avait rien vu, rien senti. Il s'était mis à maigrir, à tousser, à respirer avec difficulté. Son état s'est était aggravé. Ce fut ensuite le tour de sa mère. Le « crabe » était entré en action. Puis d'autres comme eux, qui avaient déjà assistés à la mort d'une partie de leur cheptel, ou bien de leurs champs trop pollués aux nitrates.

Tout en gravissant la colline, Aymeric repense avec tristesse à cette période douloureuse. Il avait pris brutalement conscience de l'absurdité et du danger de la spirale dans laquelle lui et sa famille s'étaient laissé entraîner sans forcément avoir eu beaucoup de choix. Il avait été temps de changer d'horizon… Aymeric avait convaincu son ami d'enfance Théo, de le suivre dans ce coin du Lyonnais encore préservé. Au début, Théo a résisté, traité son ami de fou mais son projet déposé telle une graine dans son esprit, avait fini par germer comme un nouvel avenir possible : retrouver la biodiversité d'antan, travailler autrement la terre en collaborant avec d'autres. Ne plus être seul. Les deux hommes ont emporté avec eux des semences bretonnes, des arbres fruitiers encore sains. Ils ont bouturé, semé, greffé tout en cherchant des variétés anciennes locales de céréales et de légumes, rustiques et résistantes. Quelques rares spécimens sont venus enrichir la terre toujours fertile. Leurs prospections les ont menés vers des contrées plus lointaines, sans grand succès. Jusqu'à ce jour où leur quête a fini par trouver écho à plusieurs milliers de kilomètres de là.

C'était alors une découverte inespérée, hors du commun et hors du temps.

Elle s'incarne dans l'histoire d'un Russe du début du XXe siècle, Viktor Vavilov, botaniste et généticien renommé. Voulant protéger son pays de la famine, il a parcouru une soixantaine de pays et réalisé plus d'une centaine d'expéditions pour collecter des milliers de graines de différentes variétés, tout en recherchant leurs berceaux d'origine.

« La vie est courte, il faut se dépêcher ». Telle était sa devise en arpentant les terres du globe, expérimentant ses graines aux quatre coins du pays pour tester leur résistance et rencontrant d'autres chercheurs comme lui. Mais devenu dissident aux yeux de Staline pour avoir fréquenté des scientifiques « bourgeois » de l'Occident, il fut condamné par le dictateur soviétique, emprisonné et affamé par ses geôliers. Il finira par mourir de faim, lui qui voulait mettre ses contemporains à l'abri de toute pénurie. Malgré les aléas de l'histoire, les guerres, le siège de la ville par Hitler qui voulait faire main basse sur ces graines, malgré les invasions, les incendies et les risques naturels, cette réserve végétale unique a survécu. Elle est à présent stockée dans d'innombrables tiroirs d'un Institut, situé à Saint-Pétersbourg et qui poursuit sa mission vaille que vaille.

En cette matinée toute particulière, Aymeric se sent excité. Il porte un véritable butin, des semences anciennes reçues de deux chercheuses russes de l'Institut Vavilov. Elles suivent les travaux d'Aymeric et attendent beaucoup de lui. A mi-chemin, le jeune homme ralentit sa marche et aperçoit le résultat de leur travail collectif depuis leur arrivée ici. Sur quelques parcelles, les cultures alternent avec des prairies en train de fleurir. Les différents plants de blés, issus de variétés locales, oscillent dans la brise. Le potager à ciel ouvert jouxte des serres semi enterrées. Des légumineuses, des tubercules, des simples se mélangent dans une foisonnante et joyeuse végétation. Ici la permaculture est reine. Rien n'est ordonné, en apparence. Des concombres sauvages, des courges semblent s'ébattre sous les rayons lumineux, tandis que les sauges rouges ou bleues ajoutent leurs notes colorées à la palette impressionniste du lieu. Sur des replats de la colline où ses cultures sont installées, une petite clairière plus élevée a tout naturellement trouvé grâce aux yeux du jardinier. Le jeune homme arrive bientôt en vue de cette trouée de verdure que le soleil réchauffe déjà. Il plonge la main dans sa besace et ressent une intense émotion. Les graines roulent sous ses doigts. Il les fait glisser une à une, comme un chapelet de perles, minuscules miracles de la nature, ovales ou rondes, striées ou lisses. Elles vont bientôt finir leur voyage à l'abri sur cet arpent de terre baigné de lumière. Aymeric s'engage dans les allées. Les tuteurs des futurs haricots ont été renversés par l'orage de la nuit et gisent attendant d'être remis face à face comme une haie d'honneur. Ce n'est rien, juste les vents qui ont été les plus forts. Pas de traces de pas étrangères... Les bâtons de bois demeurent solides pour accueillir les jeunes tiges. Quelques graines de radis ont été enfouies dans le terreau et des pommes de terre anciennes se préparent déjà à percer la terre.

Il faudra attendre encore un peu se dit Aymeric. Les plants de tomates ont commencé à s'élever sans tuteurs comme sur leurs lieux de collecte d'origine. Une bienheureuse nouvelle alors que ses précédentes tentatives avaient échoué à cause de la maladie du « cul noir », ennemie des jardins du sud quand il fait trop sec et que les plants vivent un stress hydrique intense. Une tache rouge minuscule attire son regard. Une bête à bon dieu, immobile, se décide à grimper le long de la tige d'une fleur, puis s'envole. C'est la première qu'il voit dehors depuis longtemps. Un bon présage.

Un bruit de pas sort Aymeric de sa rêverie. Théo vient le rejoindre :

« Tu les as ?

— Oui, lui répond Aymeric en indiquant son sac d'un geste rapide.

— Elles ont déjà appelé pour savoir. »

Aymeric ne dit rien. Il observe la terre, les endroits encore disponibles et montre de la main là où il pense semer son trésor. Théo hoche la tête en guise d'assentiment. Les deux hommes se mettent au travail. Il ne faut pas traîner car la météo annoncée ne sera pas bonne dans quelques jours. Une certaine fébrilité rend les gestes de Théo nerveux. Ensemble, ils vérifient que les fameuses graines sont bien enfouies puis descendent rejoindre leur gîte à flanc de colline abrité et camouflé derrière des arbres. A proximité, ils ont créé des serres pour leurs semis et pour protéger certaines cultures des intempéries, installé des récupérateurs de pluie et arrosage adapté. Ils bénéficient d'une vue imprenable sur les plaines. Au lointain, les crêtes arrondies jadis verdoyantes, à présent chauves de toute végétation, témoignent de l'ampleur des dégâts causés par les hommes et les effets du réchauffement climatique. La terre meurt lorsqu'elle se retrouve mise à nue.

Aymeric soupire puis se tourne vers Théo :

« Tu as su pour la Norvège ?

— Oui, acquiesce Théo. La fonte du permafrost fragilise et menace cette deuxième réserve mondiale de semences enfouie dans la banquise.

— Ce projet avec Saint-Pétersbourg est inespéré pour valider nos projets au-delà des frontières. Nous pourrons montrer davantage l'importance de la diversité des semences et des modes de cultures pour l'avenir alimentaire de la planète s'exclame Aymeric.

— Et surtout, si cela fonctionne, nous pourrons développer les échanges de semences ailleurs, multiplier les projets de fermes locales autonomes et essaimer nos idées vers tous ceux qui attendent des jours meilleurs », conclut Théo plein d'espoir.

Les deux amis rejoignent les serres. Il y fait bon, la température clémente dégage une atmosphère de quiétude. Les insectes pollinisateurs s'affairent dans un bourdonnement joyeux. Plus loin, à l'extérieur, le va-et-vient incessant des abeilles donnent le sourire aux deux hommes. Les greffons du pommier ramené du Kazakhstan sont prometteurs. Aymeric s'attarde sur les pousses de melon, du chou quintal, celles des patates douces et des aubergines.

« C'est pour bientôt la récolte ? interroge Théo.

— Patience, patience… » lui chuchote son ami d'un sourire amusé devant sa candeur et sa jeunesse dans le métier. A une certaine époque, il aurait pesté pour que cela aille plus vite.

Aymeric ressent un regain d'énergie le parcourir malgré sa fatigue et les muscles de son corps qui commencent à tirer. Son projet prend peu à peu forme, se concrétise devant ses yeux. Les deux hommes s'activent ensuite pendant plusieurs heures dans les serres, regardant chaque plant avec attention, chaque feuille, chaque bourgeon, comme des mères autour de leurs nouveau-nés. Puis la nuit se profile. Aymeric et Théo ont fini. Il est tard. Les lueurs du soleil couchant tardent encore à disparaître. Le chant des oiseaux s'est progressivement tu. Quelques lucioles s'allument comme des veilleuses attentives. Les deux hommes sont installés devant leur gîte et profitent du crépuscule naissant. Le ciel est clair et se pique d'étoiles. D'autres signaux lumineux troublent la tranquillité de la voûte céleste. Des satellites sillonnent sans discontinuité. Par prudence, Aymeric et Théo n'ont rien éclairé à l'extérieur. Ils savent que leurs projets vont à l'encontre d'intérêts économiques puissants.

« Il y en a de plus en plus je trouve, constate Théo.

— Hum, suis d'accord avec toi, murmure Aymeric. Raison de plus pour rester vigilants. »

Dans quelques jours, il a rendez-vous en visioconférence avec les deux chercheuses de l'Institut qui collaborent à leur projet. Leur appel de ce matin est anormal et elles n'ont pas laissé de message. Y aurait-il urgence ? Pourtant elles savent que les graines semées doivent respecter le cycle naturel. Cette fois, c'est en pleine nature que les tests sont tentés, tant en France que là-bas en Russie. La seule question qui taraude Aymeric est la suivante : les semences endormies pendant des dizaines d'années, sauront-elles s'adapter à ces nouvelles terres ?

Le lendemain matin, Aymeric se connecte. Après une attente qui lui parait bien longue, il peut voir Emilia, la botaniste qui collabore avec eux. La jeune femme blonde a les traits tirés, le visage tendu.

Elle informe rapidement les deux hommes :

« Les membres du Ministère de l'agriculture se sont réunis hier. Ils prévoient de nous réduire de moitié les crédits de fonctionnement. Ils estiment que nos recherches et nos résultats ne sont pas assez rapides.

— Et qu'ont donné tes essais ? lui demande Aymeric.

— Hélas, rien de probant pour l'instant, déplore la jeune biologiste. Je pense que les sous-sols sont encore trop appauvris. Près de nos parcelles, les membres du Ministère ont réquisitionné des terres pour faire des cultures intensives et des serres industrielles. D'ailleurs, les employés doivent porter combinaisons et masques de protection à l'intérieur. Des quantités importantes sont produites et exportées, et c'est tout ce qu'ils martèlent comme message ! s'emporte cette fois Emilia.

— Nous allons gagner du temps, la rassure Aymeric, en te fournissant des données des autres cultures en cours. Cela les fera patienter. Pense à ton réseau et tes autres antennes de l'Institut. »

Théo qui a rejoint son ami devant l'écran salue Emilia.

« D'autres centres de collecte de semences locales se sont créés en Colombie, en Autriche. Ils sont très actifs ajoute Théo pour réconforter la chercheuse russe. Et puis, nous comptons développer des projets de jardins similaires sur tout le territoire. »

Théo et Aymeric aperçoivent Galina, la doyenne de l'Institut qui s'installe devant l'écran à côté d'Emilia. Cela fait près de cinquante ans qu'elle y travaille et compte bien transmettre son savoir à la jeune femme. Elle reste optimiste pour l'avenir car le réseau de soutien ne peut que se développer argumente-t-elle, même si certains lieux dans le monde restent fragiles.

Sitôt la conversation terminée, Aymeric et Théo rejoignent silencieusement leur nouveau jardin dans la clairière. Ils ont apporté avec eux leur appareil photo et des loupes pour saisir les moindres détails des futures pousses ainsi que des poches pour y stocker des échantillons de terre. Théo s'occupe des arbres fruitiers tandis qu'Aymeric observe les jeunes plants. Du côté des précieux semis, il est encore trop tôt. Il prélève de la terre pour en fournir la composition à Emilia et Galina. Les jours s'écoulent ainsi dans une relative quiétude. La météo est finalement plus clémente que prévu. Quelques pluies sont venues étancher la terre par endroits assoiffée. Aymeric et Théo tiennent quotidiennement les chercheuses russes au courant de leurs observations, en attendant les sorties de terre prometteuses. Un matin, ils partent collecter des plantes sauvages dont les vertus médicinales sont reconnues depuis longtemps mais ont peu à peu été laissées en désuétude faute de résultats rapides.

« Il faut continuer à essaimer nos idées par les preuves scientifiques, les témoignages, pour renverser la tendance, rallier ceux qui restent favorables à l'agriculture intensive, diversifier les souches, insiste Aymeric tout en remplissant son panier.

— Le réchauffement climatique et ses conséquences nous donneront raison. Les graines anciennes et collectées dans des zones à fortes amplitudes climatiques résisteront mieux à l'avenir, s'enthousiasme Théo.

— Je l'espère !! D'ailleurs, selon l'ONU, il ne reste que soixante ans de récoltes avant l'épuisement de la terre si elle ne se régénère plus. »

Autour de leur jardin, Aymeric et Théo ont acquis les habitants à leur cause. Les terres sont redevenues plus fertiles. Les taux de pollution ont baissé avec l'arrêt des engrais chimiques. Chacun recherche une certaine autonomie alimentaire en faisant jouer les circuits courts. Ces bonnes nouvelles les galvanisent. Les deux hommes ramassent des fraisiers sauvages, une variété ancienne qu'ils ne pensaient pas retrouver. Satisfaits, ils passent par la clairière. Le cœur d'Aymeric bondit dans sa poitrine. Il aperçoit des feuilles vertes sorties timidement de la terre là où étaient enfouies les graines anciennes. Il y en a beaucoup plus que ce qu'il imaginait. Théo ne dit rien mais son émotion est palpable. Il serre le bras de son ami, prend des photos sur plusieurs angles. A leur retour au gîte, un message d'Emilia les attend.

Aux premières lueurs de l'aube, ils se connectent. Emilia est déjà en ligne. La jeune femme a meilleure mine et un sourire éclaire son visage. Elle annonce avec fébrilité qu'un riche donateur russe s'est rallié à leur projet, ayant perdu comme Aymeric, des membres de sa famille pour des raisons similaires. Il est prêt à les soutenir. Les deux hommes sont soulagés et félicitent la jeune femme. De leur côté, ils peuvent lui montrer photos à l'appui, ce qu'ils ont constaté la veille. Emilia appelle Galina devant l'écran et toutes les deux laissent éclater leur joie. Les jours, puis les semaines qui suivent confirment tous leurs espoirs.

Le temps des récoltes arrive. Celles-ci dépassent toutes les prévisions et lorsqu'elles s'achèvent, Aymeric souhaite partager le fruit du travail accompli. Il convie alors amis et habitants des alentours le premier soir d'automne. La petite place s'illumine de guirlandes multicolores et s'anime de rires et de conversations à bâtons rompus. Des idées surgissent : la remise en état du vieux four à pain, la création d'autres jardins. Fruits, légumes, céréales, herbes médicinales, miel, lait, fromages, œufs, conserves, sont distribués et permettent à chacun de voir venir pour l'automne qui s'annonce. Tout le monde est réuni pour fêter ensemble ce début d'abondance retrouvée. Aymeric se réjouit. Les nouvelles de l'état de santé de sa mère sont rassurantes. Elle espère rejoindre bientôt son fils et sa maison au village. Aymeric rejoint Théo qui discute avec l'ancien meunier sur la reprise d'activité possible du moulin. Puis chacun trinque. Le cidre obtenu se révèle délicieux, la même saveur que jadis sur les terres bretonnes. Aymeric, le verre à la main, lève les yeux vers la colline. Il pense à son père ainsi qu'à Vavilov, ce génie précurseur. Le temps lui aura donné raison, une nouvelle page semble se tourner.

Insomnie

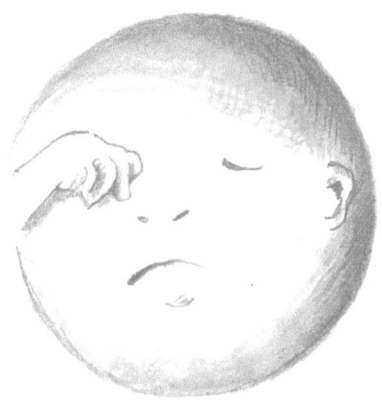

Pauline est montée plus tôt que d'habitude pour se coucher. En ces journées de début d'été, le soleil allonge sa présence, étire le jour jusqu'à l'instant où les oiseaux prennent leur envol vers l'horizon rougeoyant. Dans sa chambre, elle a laissé les stores ouverts et une brise légère pénètre dans la pièce comme une respiration. Elle se dévêt et enfile une légère tunique de coton. Elle souhaite dormir, oublier toutes les turpitudes récentes le temps d'une nuit, se laisser emporter par ce que son subconscient voudra bien lui proposer. Peut être pire, peut être mieux, voire de la félicité. On ne peut savoir à l'avance.

Pauline s'allonge sur les draps frais malgré la chaleur encore oppressante de la journée. Elle étend les jambes, agite un peu les doigts de pieds puis pose les mains sur son ventre qu'elle sent tendu. Une position et un des gestes que sa kinésithérapeute lui a conseillés. Elle peut alors voir le tissu de sa tunique se soulever, gonfler régulièrement sous l'effet de ses profondes respirations mais au bout de quelques minutes, une sorte de crampe commence à poindre à la cheville. Mince ! Pauline soupire. Penser à autre chose, penser à autre chose… Oui, mais à quoi ? Rien ne lui vient en réalité, c'est même pire. Plus on tente de la fuir, plus elle se rappelle à vous, cette douleur, mesquine, insidieuse, et le corps ne fait alors qu'un avec elle. Pauline sent l'agacement arriver alors qu'elle vient à peine de s'allonger. Bouger de nouveau alors !? Ou peut-être boire ?! Cela évite les crampes parait-il… La jeune femme se relève et descend se rafraîchir. Puis de nouveau allongée, elle essaie de se laisser aller, de relâcher chacun de ses muscles, de les passer en revue l'un après l'autre. La nuit est à présent tombée. Ses yeux s'habituent progressivement à l'obscurité. Au travers de la fenêtre du toit, le halo lumineux de la Lune ne va pas tarder à passer dans son champ de vision. Elle aime la regarder. À chaque fois, des souvenirs remontent à la surface de sa mémoire. Petite, elle la voyait tel un visage bienveillant, penché au-dessus d'elle la bouche ronde, ouverte comme si elle baillait, et qui l'invitait à venir et à sombrer dans les bras de Morphée. Pauline se met à penser à ce dieu de l'Olympe qui va peut-être finir par l'accueillir. Dieu des rêves, fils d'Hypnos dieu du sommeil et de Nyx la déesse de la nuit, Morphée est un jeune homme portant des pavots soporifiques d'une main et un miroir de l'autre. Cette image la fait sourire, mais au lieu de l'entraîner vers les rêves, cela lui procure une certaine excitation, son imagination dessinant le profil du jeune dieu près d'elle. Pauline soupire. Cela ne va pas l'aider à trouver le sommeil…

Elle centre alors son attention de nouveau sur la Lune, ce disque qui n'en est pas un, là où des hommes sont allés planter une bannière étoilée. C'était un jour de juillet 1969, il y a cinquante ans. Sa mère lui en a parlé au téléphone, s'en souvenant comme si c'était hier. Celle-ci semblait d'ailleurs fatiguée. Pendant la conversation, Pauline a appris qu'elle a oublié un rendez-vous pourtant important. Ce soir, elle s'inquiète pour elle. Son regard se tourne à nouveau vers la Lune. Des taches sombres parsèment sa surface comme le visage d'une vieille dame. On y trouve le Lac de l'Oubli, mais aussi celui de la Tendresse. Le cœur de Pauline se serre.

Elle continue de fixer l'astre lumineux, propice à toutes les légendes et pas seulement aux héros de l'Histoire. Ce sont les nuits où l'on entend les loups hurler, les nuits où les s*erial killers* entrent en action, les nuits où l'on enfante, les nuits où l'on aime, les nuits où l'on espère le sommeil. La jeune femme ferme les yeux, tente de faire le vide dans sa tête, de repousser des pensées comme on repousserait des murs, pour se laisser entraîner. Mais en a-t-on vraiment le pouvoir ? Dans un flot continu, lui arrive soudain des scènes. Sur un écran intérieur, elles défilent en ordre dispersé : des instantanés de la journée, des bribes de conversation, le cadre d'un paysage comme ce ciel de la soirée qui s'embrasait, des visages croisés au travail. Mais un mot lui apparaît en grand comme la une d'un quotidien et qui revient le plus. C'est le mot de « pandémie » entendu, lu et relu ces dernières semaines plusieurs dizaines de fois dont les médias font leurs choux gras. Ce mot maudit tourne en boucle et enferme chacun chez soi, rend l'autre potentiellement dangereux sans qu'il le sache. Pauline revoit les scènes touchantes des anciens qui finissent ainsi leur vie, seuls, après avoir le plus souvent vécu la guerre, et le visage de ses amies dont certaines travaillent aux urgences. Instantanément, elle pense alors à son compagnon en mission médicale sur le front, ainsi qu'à son amie d'enfance infirmière auprès des malades. L'émotion la saisit, son visage se crispe. Elle se sent impuissante, une larme se forme qu'elle laisse couler. Elle se tourne de l'autre côté du lit, remonte les jambes vers la poitrine, replie les bras autour des épaules, s'enroule sur elle-même comme pour se protéger de l'adversité du monde qui semble vouloir courir à sa perte. Puis se retourne de nouveau vers la Lune pour y chercher du réconfort. Elle sait qu'il existe à sa surface un marais appelé Marais des Épidémies, mais aussi le Lac de l'Espérance. Tant de noms de lieux déposés par les hommes du XVIIe siècle sur les cratères, failles, marais et lacs asséchés, exutoire des humeurs humaines. Pour Pauline, elle est aussi un repère nocturne pour le bateau égaré, veilleuse de la nuit, et source d'inspiration pour de nombreux poètes. Immobile, elle fixe ce disque brillant, concentre son attention, remarque qu'il a bientôt traversé le cadre de la fenêtre.

La fatigue se fait sentir. Pourtant de nouvelles pensées l'assaillent, l'envahissent. Ce disque lumineux la replonge cette fois à l'école où elle enseigne. Elle repasse le film de sa journée écoulée. Tout le monde a répondu présent à cette situation inédite même à distance. Cette pensée lui met du baume au cœur, la calme, lui rappelle qu'elle contribue malgré tout à porter du lien, à développer la curiosité chez les élèves, à y semer des graines pour le futur. Des échanges chaleureux emprunts de complicité ont marqué ces dernières semaines. D'ailleurs, ils ont parlé du système solaire et de la Lune. Encore elle...

Pauline ne l'oublie pas, elle est toujours là dans l'embrasure du carré de la fenêtre, et bientôt elle sera absente de son champ de vision. Elle y distingue la Mer de la Tranquillité. La respiration de la jeune femme s'est enfin posée mais c'est sans compter l'énergie qui l'habite encore. Elle se remet sur le côté. Elle se projette déjà au petit matin. Son cerveau s'encombre de mille et une choses à faire, une vraie machine en roule libre tels que les appels à passer pour prendre des nouvelles des uns et des autres et surtout de sa mère, le courrier à poster qui s'accumule, les légumes du maraîcher du coin à aller chercher, le rendez-vous à prendre chez le médecin même si ce ne sera pas pour tout de suite, les élastiques à trouver pour coudre des masques. De l'utile ou pas finalement se dit Pauline, du vital ou pas... Depuis plusieurs semaines maintenant, c'est un quotidien fait de gestes habituels et de rituels qui rassurent.

Un souffle d'air la ramène à la réalité. Elle n'a aucune notion de l'heure et se remet de dos face à la fenêtre du toit. La Lune cette fois, a disparu. Seules les étoiles sont allumées. Elle perçoit au loin l'hululement d'une chouette. Elle remonte alors le drap sur elle, jusqu'à la joue. Le tissu est doux et léger. Elle est de plus en plus lasse. Et toutes les pensées cette fois semblent s'éloigner. Pauline ferme les yeux, tourne son regard à l'intérieur d'elle-même, se focalise sur sa respiration, les scènes du jour s'estompent. Un frôlement le long de la jambe lui indique la présence du chat en train de la rejoindre. Un ronronnement régulier se rapproche, lancinant. Elle est bercée par ce murmure félin. Pauline se sent alors glisser dans le Marais du Sommeil où Morphée l'attend, enfin.

Le wagon

Attendre son train… Drôle d'expression pour une machine ! se dit Gisèle en son for intérieur. Assise sur un banc de la gare Saint-Lazare, elle l'attend, le regard suspendu à la grosse horloge en fer forgé, accrochée tel un phare guidant la foule de voyageurs. Certes, les écrans de départs et d'arrivées permettent de vérifier en temps réel l'état de la circulation, mais cela lui est bien égal. Suivre la grande aiguille des minutes bouger d'un cran lui donne le sentiment d'être dans un monde plus ralenti, un peu retenu, un peu ancien... Elle ne se sent plus avalée par la multitude grouillante qui circule autour d'elle, par le tourbillon incessant des silhouettes pressées et anonymes, par les colonnes de voyageurs rivés sur leur téléphone, leur tablette, le visage concentré sur leur écran, totalement absorbés, sans même un regard pour le vieux monsieur hésitant et perdu, ni sur le bébé effrayé dans sa poussette, englouti dans le va-et-vient du monde.

Elle baisse un instant les paupières, le bruit de la foule s'atténue. Il lui semble alors distinguer le souffle et le sifflement de la machine, celle d'une locomotive à vapeur. Les phares, tels de gros yeux jaunes avancent au loin, brouillés par la fumée qui s'échappe de la cheminée. Des hommes en haut de forme attendent avec leur valise en cuir, fumant le cigare, l'air important, devisant entre eux sur les dernières nouvelles du jour. C'est elle, la machine d'un autre temps, luisante, lustrée qu'elle veut prendre et qu'elle attend secrètement. Gisèle garde les yeux fermés. Son regard se déplace, se rapproche de la belle qui entre en gare. Soufflant comme une vieille femme qui vient d'achever un long voyage, la locomotive lance un dernier sifflement et pousse un énorme soupir de vapeur, indiquant à chacun, voyageur à bord ou sur le quai, son arrêt imminent.

Les fenêtres des wagons s'ouvrent, des visages de femmes chapeautées se penchent, cherchant des yeux tel mari ou tel amant venu à leur rencontre. Comme c'est romantique ! s'avoue Gisèle. Elle aperçoit les petits abat-jours du wagon restaurant et ses fauteuils capitonnés. Elle frissonne de plaisir s'imaginant confortablement installée en face d'un homme inconnu qui l'aurait invitée à sa table, mystérieux et charmant à la fois. Quel visage pourrait-il avoir ou plutôt, sur quel visage aimerait-elle s'attarder ? Elle sourit et esquisse les traits du type d'homme qu'elle souhaiterait rencontrer : le visage régulier, le regard doux et clair, une fine moustache à la mode à de l'époque, des lèvres charnues et bien dessinées, des cheveux châtains légèrement bouclés aux reflets dorés... Tiens, s'interroge Gisèle, est-ce le visage d'un homme que je connais ? Elle fouille dans sa mémoire, mais aucun nom ou profil familier ne lui vient. Il porte une chemise blanche légère à col officier entrouvert et un gilet sombre cintré aux motifs délicats. Une petite poche laisse dépasser l'éclat d'une montre à gousset reliée par une fine chaîne en or. La facture de l'objet est minutieusement travaillée et son éclat doré ajoute une note d'élégance à l'atmosphère. Cet homme dégage un parfum d'eau de toilette légèrement musquée, attirante, presque animale. Son regard se pose sur Gisèle et la prunelle de ses yeux s'allume. Elle sent son corps se détendre comme si elle était déjà installée dans le wagon. Tout à coup, une main ferme se pose sur son épaule, elle ouvre les yeux. Une vieille dame assise à côté d'elle lui dit doucement :

« Je vous ai retenue, vous étiez en train de glisser vers moi.

— Merci », répond Gisèle dans un sourire un peu gêné. Encore toute à son rêve, elle tourne la tête et met quelques minutes à réaliser où elle se trouve.

Le train qu'elle attend pour Deauville est au rendez-vous. Voie 27. Pas de haut de forme sur le quai, juste des passagers fatigués et pressés de rentrer. Gisèle active le pas, suit le mouvement des voyageurs qui disparaissent un à un dans les rames, comme aspirés. Puis elle aperçoit une affiche publicitaire annonçant une exposition du peintre Monet dans un musée parisien. Elle représente la célèbre toile *La gare Saint-Lazare* de l'artiste impressionniste. Les éléments du tableau, la charpente métallique et l'immense verrière de la marquise, la grosse locomotive à vapeur fumante, se rapprochent à mesure que Gisèle avance, se rappellent à elle, telle une incrustation dans le décor environnant, comme si le songe récent reprenait son cours. Elle sourit, puis après avoir vérifié son billet, s'arrête devant les marches.

Voiture 12, place 86. Elle monte dans le wagon. Le train n'est pas encore rempli. Place 80, 82, 84, son pas ralentit. Près de la place 86, les cheveux châtains aux reflets dorés d'un homme émergent de l'appui-tête... son cœur s'emballe. Elle dépasse le siège sans se retourner et dans un mouvement continu comme au ralenti sans le regarder, s'installe en face de lui. Son cœur continue de cogner dans sa poitrine car dans le compartiment flotte une fragrance subtile. Gisèle y décèle un mélange de notes sucrées et épicées qui l'enveloppe tout entière dans une bulle délicieuse et sensuelle et réveille chaque parcelle de son corps. Elle entend le sifflement du train qui s'ébranle, puis relève la tête. L'homme assis devant elle est plutôt grand, bien bâti même si sa silhouette est en grande partie cachée par son journal déplié. Ses mains semblent puissantes et ses doigts fins se terminent en ongles soignés. Gisèle baisse discrètement les yeux. Son regard se porte sur ses chaussures en toile, un modèle à la fois sport et urbain, signe d'un certain raffinement. Il a les jambes croisées et son pantalon en tissu léger laisse imaginer des cuisses musclées et solides. Gisèle se prend à rougir. Il lit Normandie Actu qui raconte justement l'histoire de la ligne Paris-Deauville au XIXe siècle. Gisèle se met à parcourir involontairement la page dépliée devant elle.

L'homme a dû sentir le regard et abaisse le quotidien. Il lui esquisse un sourire. Ses yeux bleu outremer et bordés de longs cils noirs semblent lui lancer une invitation à la conversation. Ils fixent aussitôt ceux de Gisèle. Prise au dépourvue, celle-ci se risque :

« Vous êtes historien ? demande-t-elle tout en observant discrètement sa veste en lin bleu profond qui se marie merveilleusement bien avec ses yeux, et ouverte sur une chemise blanche à col officier…

— Oui ! Comment avez-vous deviné ? répond l'homme avec un sourire amusé.

— Simple hypothèse en voyant votre journal » s'excuse presque Gisèle de son indiscrétion.

L'homme, percevant son trouble, enchaîne :

— Saviez-vous qu'au début du chemin de fer, les passagers voyageaient debout, transis de froid l'hiver ou trempés par la pluie à cause des wagons découverts ? Et qu'il y avait trois classes ?

— Non, je l'ignorais » dit Gisèle, captivée par son interlocuteur. Mêmes yeux gris bleuté et même regard doux et profond comme dans mon rêve... et ce parfum… songe-t-elle.

« Imaginez, continue l'homme, au départ, la première ligne de chemin de fer fut de relier Paris à Rouen. Puis ce fut le Havre en 1847 qui devint une destination prisée pour les propriétaires de voiliers et de steamers. Rendez-vous compte, le train mettait près de cinq heures pour faire cette distance ! Aujourd'hui cinq heures, c'est le temps qu'il faut à un avion pour aller de Paris à Marrakech ou Athènes. D'ailleurs, à propos de temps, je n'ai pas vu l'heure tourner… »

L'homme écarte sa veste et plonge la main vers une poche intérieure. Il en sort une montre à gousset ancienne aux teintes cuivrées. Les reflets du soleil par la vitre viennent alors brusquement frapper l'objet, l'espace de quelques instants. Gisèle est éblouie. L'homme ouvre le clapet de la montre. La jeune femme peut alors admirer le travail d'orfèvre et la précision du dessin : une locomotive à vapeur y est gravée, entourée de feuillages entrelacés. L'anneau qui permet de la suspendre est lui aussi sculpté, tressé. Après avoir jeté un œil au cadran, l'homme referme avec délicatesse et lenteur le couvercle. Des instants suspendus alors que le paysage défile à toute allure. Gisèle est comme hypnotisée. Tout son corps est tendu vers la montre et son propriétaire. Elle ferme les yeux. Elle se voit accompagner de la main le geste de l'homme en train de refermer l'objet, effleurer sa peau ; une onde de plaisir la traverse alors, elle se sent troublée...

Mais au bout de quelques minutes de silence, l'homme reprend, passionné :

« Et puis vinrent les trains de mer desservant Dieppe, Étretat, Trouville et Granville à partir de 1897. Toute une époque qui verra fleurir les stations balnéaires à l'architecture encore très en vogue… Mais je vous ennuie peut-être avec mes histoires de train ? Vous semblez rêveuse.

— Oh non ! Pas le moins du monde, le rassure Gisèle, et j'ai tout mon temps… »

Table des matières

Merci de tout cœur à Sophie et Sandra de « 1an1livre »
pour leur accompagnement et leurs conseils bienveillants sans
qui ces lignes n'existeraient pas.

Mille mercis également à ma grande sœur Isabelle qui a
élaboré avec délicatesse les illustrations, sans oublier ma
famille pour sa patience et ses encouragements.